PARIS — VINGTIÈME ARRONDISSEMENT

PARIS — DIX-NEUVIÈME ARRONDISSEMENT

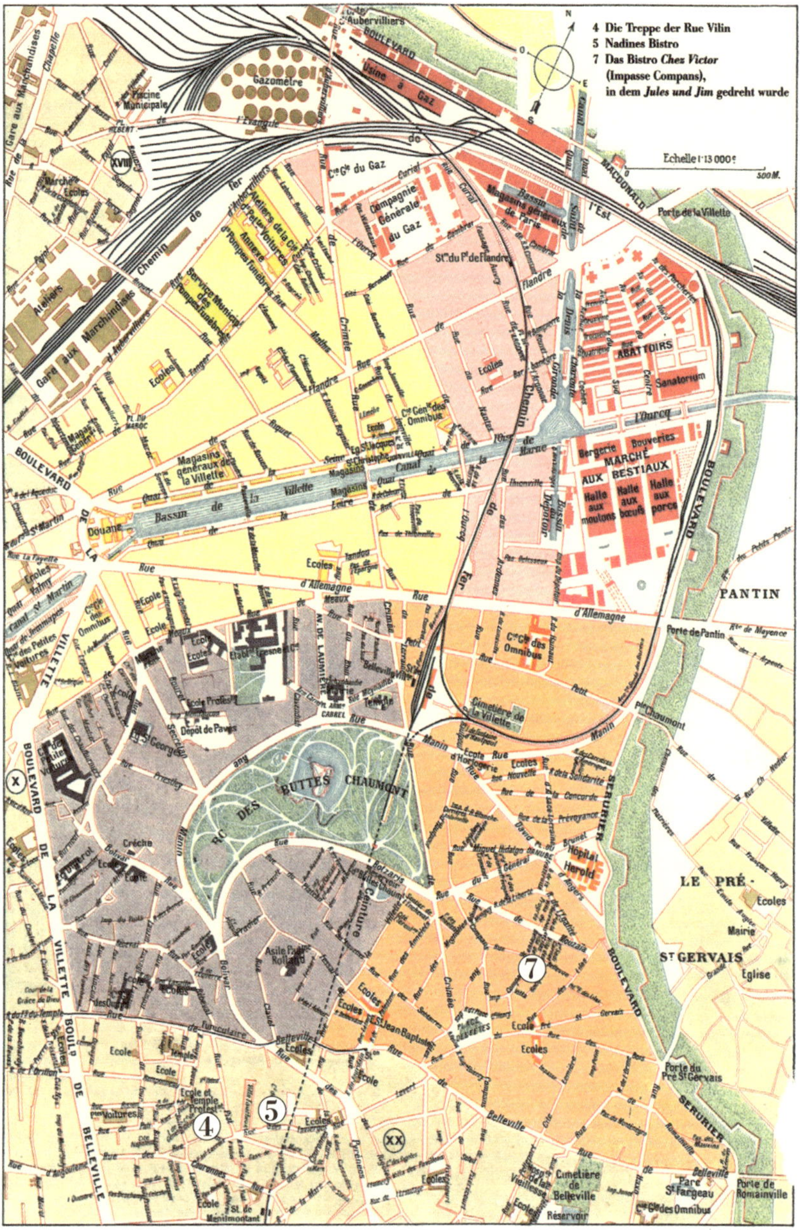

VERLAG ANTJE
KUNSTMANN

Robert Bober

Wer einmal die Augen öffnet, kann nicht mehr ruhig schlafen

Roman

Aus dem Französischen
von Tobias Scheffel

Verlag Antje Kunstmann

Der Titel des Romans enstammt dem Gedichtband
Plupart du temps von Pierre Reverdy

Für Joachim und für Sacha
Für Henri

Ich war erst zwanzig, aber meine Erinnerung ging meiner Geburt voraus.

Patrick Modiano, *Livret de famille*

PROLOG

WENN MIR DER BUS – wo ich mich immer für einen Platz auf der Plattform entscheide – auch sehr viel lieber ist als die Metro, so gehe ich doch am liebsten zu Fuß. Ständig von allem, was sich meinem Blick darbietet, in Versuchung geführt, ignoriere ich auf meinem Nachhauseweg mit Vergnügen jede Abkürzung.

Ich wohne in Paris, im 11. Arrondissement. In der Rue Oberkampf 7, zusammen mit meiner Mutter und meinem kleinen Bruder Alex. Allein. Mein Vater ist gestorben, als ich zwei war. Im Juli 1942. Oder ein bisschen später, das weiß man nicht genau. Er ist gestorben, so wie auch Gad Wolf gestorben ist, der in der 8 wohnte, wie die Familie Polkowska, die in der 18 lebte, wie die Kristalkas in der 38, die Wargas in der 13, die Dodineks in der 16. Die Namen kenne ich, weil meine Mutter sie häufig nannte. Immer die Namen, gefolgt von der Adresse, jedes Mal. Wie um sie nicht zu vergessen. Das ist so ziemlich alles, was ich von ihnen weiß. Über meinen Vater weiß ich ein bisschen mehr, aber um ihn zu beschreiben, muss ich ein Foto von ihm betrachten. Eines steht in einem braunen Lederrahmen auf der Anrichte im Esszimmer. Aber wie bei allen Fotografien, die immer am selben Platz stehen, sieht man sie aus Gewohnheit irgendwann nicht mehr.

Meine Mutter spricht wenig über ihre Kindheit. Und wenig über die Zeit vor meiner Geburt, über die Träume, die sie mit meinem Vater teilte. Nur manchmal ein Name, oder ein Datum.

Meine Eltern wurden in Przytyk geboren, in Polen, einem Dorf unweit von Radom, in dem die Mehrheit der Bevölkerung Juden waren. Sie haben sich, glaube ich, bei der Protestkundgebung kennengelernt, die auf ein von polnischen Faschisten angezetteltes Pogrom folgte. Es gab mehrere Tote und mehr als hundert Verletzte. Das war am 9. März 1936. Meine Mutter war neunzehn, mein Vater einundzwanzig Jahre alt. Sie heirateten im Jahr darauf.

Meine als Hannah Horovitz geborene Mutter, die keinen Vater mehr hatte, wurde Hannah Appelbaum. Kurze Zeit später verließen sie auf hartnäckiges Drängen meines Vaters Polen und kamen nach Frankreich; bald schon zog meine Großmutter mütterlicherseits nach, meine Mutter hatte sich nicht damit abfinden können, sie allein zu lassen.

Meine Mutter war ihr einziges Kind, ein damals äußerst seltener Fall. Erst vor Kurzem habe ich erfahren, dass meine Großmutter, die im vergangenen Jahr gestorben ist und die ich Bobe nannte, weil sie eben meine Großmutter war, schon vor der Geburt meiner Mutter ein Kind gehabt hatte. Einen Jungen, der sehr früh an ich weiß nicht mehr welcher Krankheit gestorben war.

Als mein Vater, der auf den Vornamen Yankel hörte, in Frankreich ankam, nannte er sich Jacques. Meine Mutter behielt ihren Vornamen.

Nachdem meine Eltern einige Zeit in einem kleinen Hotel in der Passage Kuszner gewohnt hatten, zogen sie hinten in die Cité Crussol, in die Rue Oberkampf 7, ganz nahe beim Cirque d'Hiver. In dieser aus Höfen und Sackgassen bestehenden Privatstraße voller Werkstätten, in der ich mich fast jedes Mal, wenn ich sie betrete, wieder als kleinen Jungen sehe, hatte lange Zeit ein Tischler oder Zimmermann (ich weiß es nicht mehr genau) gearbeitet. Er ließ sich komplette, zu Brettern zugeschnittene Bäume liefern, auf denen wir als Kinder trotz vieler Warnungen spielten. Vielleicht, zumindest gefällt mir der Gedanke, war es kein Zufall, sondern der dörfliche, familiäre Charakter dieser Höfe voller Handwerker, der meine Eltern, die gerade aus ihrem Dorf in Polen gekommen waren, dorthin ziehen ließ.

Ich wurde am 2. Mai 1940 geboren. Meine Mutter hätte mich gerne Joseph genannt, nach meinem Großvater mütterlicherseits, Yossel Berish, aber es herrschte bereits Krieg, und die Vernunft brachte meine Eltern dazu, mir den Vornamen Bernard zu geben.

Mein Vater wurde im Juli 1942 verhaftet, ein paar

Tage nach der Razzia des Vélodrome d'Hiver, unter Umständen, auf die ich noch zurückkommen werde.

Bis dahin war er als Zuschneider bei einem Schuhfabrikanten in der Rue Julien-Lacroix angestellt gewesen. Zu Hause habe ich noch ein Messer zum Lederzuschneiden, das meine Mutter aufbewahrt hat und mit dem ich meine Stifte spitze.

1946 traf meine Mutter bei einem Wohltätigkeitsabend, den die Vereinigung der Jüdischen Gesellschaften Frankreichs im Hotel Intercontinental organisierte, Leizer wieder, einen Jugendfreund, genau wie sie gebürtig aus Przytyk, ein Auschwitzüberlebender, der nach langen Monaten des Herumirrens durch verschiedene Lager für Displaced Persons schließlich nach Paris gelangt war. Als guter Schneider hatte er ohne Schwierigkeiten eine Stelle als Näher in einer Schneiderei für Damenbekleidung in der Rue de Turenne gefunden, und merkwürdigerweise waren die beiden sich nie begegnet, obwohl meine Mutter jeden Tag durch diese Straße in die Rue des Francs-Bourgeois ging, wo sie als Verkäuferin in einem auf alten Schmuck spezialisierten Juweliergeschäft arbeitete.

Ein Jahr später wurde Alex geboren, mein Halbbruder. 1949 beschloss Leizer, nun mein Stiefvater, seine Schwester zu besuchen, die Polen als junges Mädchen verlassen hatte und nach New York gegangen war in der Hoffnung, Music-Hall-Tänzerin zu werden. Das Flugzeug, in dem mein Stiefvater saß, stürzte über der Inselgruppe der Azoren ab. Es gab keinen einzigen Überlebenden. Das ist zwölf Jahre her.

So hatte ich keine Erinnerung an meinen Vater, erinnerte mich aber an den Vater meines Bruders, der wiederum selbst keine Erinnerung an seinen Vater hatte.

Ich streife um meine Vergangenheit herum, hier und da lese ich kleinste Stücke auf, überall liegt etwas, ich versuche, sie zu rekonstruieren, als ob man ein weiteres Mal existieren könnte …

HENRI CALET, *Le Tout sur le tout*

I

DANK ROBERT, den ich vor knapp drei Monaten getroffen habe, werde ich als Statist in einem Film von François Truffaut mitwirken.

Ich war auf dem Rückweg von einem Freund, der in der Rue de Belleville wohnt, als ich zufällig auf Robert traf. Obwohl seine Hände und ein Fotoapparat einen Teil seines Gesichts verdeckten, hatte ich ihn gleich wiedererkannt. Als ich seinen Namen sagte, wandte er sich mir erstaunt zu. Und als fiele ihm durch das Anstarren mein Name wieder ein, sprach er ihn langsam und deutlich aus.

»Bernard Appelbaum?«

Und als wir beide lächelten:

»Tarnos 1953 …? 1954?«

Beides. Robert war mein Betreuer in der Ferienkolonie in Tarnos in den Landes gewesen. 1953 und dann noch mal 1954. Und dann nicht mehr. Wir hatten uns aus den Augen verloren. Das war fast sieben Jahre her.

Nach ein paar Banalitäten – »Was machst du hier? Wohnst du im Viertel?« – waren wir wegen der verstrichenen Zeit einen Moment um Fragen verlegen und hätten uns beinahe getrennt, ohne mehr voneinander zu erfahren. Da schlug Robert, während er durch das Eingangstor der *Villa Ottoz*, vor dem wir stehen geblieben waren, ein paar Fotos machte, mir vor, ihn zu begleiten.

Er wolle noch ein paar Aufnahmen in der *Villa Castel* machen, einem von kleinen Häusern gesäumten Privatweg, hatte er gesagt und mir auf dem Weg erklärt, dass François Truffaut einen Film vorbereite, von dem ein großer Teil in Paris vor dem Ersten Weltkrieg spiele; er habe ihn um ein paar Fotos von möglichen Drehorten gebeten. Die Handlung spiele nicht direkt in Belleville, aber dort gebe es noch viele Orte, die sich in den letzten fünfzig Jahren nicht verändert hätten, erklärte Robert. Truffaut habe auf Montmartre drehen wollen, wo er seine Kindheit verbracht hatte; Robert, inzwischen sein Assistent, erinnerte mich daran, dass mehrere Szenen aus *Sie küssten und sie schlugen ihn* dort entstanden waren. Er fand, dass Montmartre durch die vielen dort gedrehten Filme selbst immer mehr einer Filmkulisse glich, und hatte Truffaut vorgeschlagen, geeignete Drehorte in Belleville ausfindig zu machen. Daher war er nun hier, um das Viertel zu fotografieren.

Ich hörte Robert zu und fühlte mich in die Zeit mehrere Jahre zuvor zurückversetzt, als er mein Betreuer gewesen war, und da ich mich zu erinnern glaubte, er sei damals Schneider gewesen, fragte ich mich, wie er es angestellt hatte, mit Truffaut zu arbeiten. Aber ich traute mich nicht, ihm die Frage zu stellen.

Während er redete, machte er, wie um eine distanzierte Haltung zu unserem Gespräch einzunehmen, ein paar Fotos von der *Villa Castel*, jenem gepflasterten schmalen Weg, der am Ende durch einen Garten auf die Rue des Couronnes führte. Dann fotografierte er noch, aber zum eigenen Vergnügen, wie mir schien, eine Katze, die uns beobachtete.

Ein wenig später saßen wir in einem kleinen Café in der Rue des Envierges, dessen Wirtin, Nadine, uns mit Handschlag begrüßt hatte. Robert hatte einen Kaffee bestellt und ich eine Schokolade.

Er hatte seinen Fotoapparat – eine Agfa – auf dem Tisch abgelegt und dann in einem kleinen, leinengebundenen Heft die Motive notiert, die er gerade fotografiert hatte, wobei er ganz genau Ort und Uhrzeit der Aufnahme vermerkte.

»Sobald die Fotos entwickelt sind, zeige ich sie Truffaut«, hatte er mir erklärt. »Dann wählt er diejenigen aus, die ihn interessieren, und wir sehen uns die Orte gemeinsam an.«

»Läuft das immer so ab?«

Meine Fragen waren natürlich naiv, was vielleicht auch erklärt, warum ich mich noch so genau an die Begegnung erinnere.

So erinnere ich mich, erfahren zu haben, dass Robert seine frühe Kindheit in der Rue de Rébéval verbracht hatte, jenseits der Rue de Belleville, dass er, als wir uns trafen, während er gerade die *Villa Ottoz* fotografierte, kurz zuvor ein Haus besichtigt hatte, das ihm dem zu entsprechen schien, was Truffaut suchte, dass in dem Haus ein Maler wohnte, Pierre Alechinsky – ganz besonders erinnere ich mich an Roberts Lachen, weil ich Alex Chinsky verstanden hatte –, dass er aber, da die Räume praktisch vollständig mit den Bildern des Malers angefüllt waren, ein anderes direkt nebenan gefunden hatte.

Im Bistro von Nadine gab es hinter der Theke eine Trennwand, deren oberer Teil aus einer mit Gravuren versehenen Glasscheibe bestand. Sie trennte den Raum, in dem wir saßen, von einem zweiten, kleineren, der im Allgemeinen dem Restaurantbetrieb vorbehalten war, denn Nadine kochte, aber nur mittags, Hausmannskost für ein paar Stammgäste. Trotz der fortgeschrittenen Stunde hörte man von dort noch Geschirrgeklapper; bei Nadine schien man also nicht gleich vom Tisch aufzustehen, sobald man mit dem Essen fertig war, eine Erfahrung, die ich seitdem selbst gemacht habe.

Aus dem zweiten Raum trat ein Mann, einer von denen, die man sofort bemerkt. Dicker brauner Cordsamtanzug, gelbes Flanellhemd, rote Strickkrawatte – und aus der Brusttasche, dort wo man bisweilen ein Einstecktuch trägt, ragte der Kopf einer Pfeife heraus. Außerdem hatte er einen kleinen Spitzbart und kaum Haare auf dem Kopf.

Er kam lächelnd auf uns zu, umso mehr, als Robert, der ihn entdeckt hatte, aufstand, um ihn zu grüßen.

Verschüchtert war ich ebenfalls aufgestanden, als

Robert mit ausgestreckter Hand auf ihn wies und ihn vorstellte:

»Anatole Jakowsky.«

Sie wechselten ein paar Worte, denen ich entnahm, dass der Mann über Roberts Recherchen auf dem Laufenden war. Als er danach bei Nadine die Rechnung für sein Essen beglichen hatte, wandte er sich, die Hand bereits auf der Türklinke, noch einmal zu uns um:

»Bitten Sie Nadine doch um den Schlüssel zum Keller, Sie werden dort ein Meisterwerk naiver Stadtmalerei entdecken.«

Und er ging hinaus.

»Ein erstaunlicher Mensch«, sagte Robert. »Er ist einer der größten Spezialisten für naive Malerei. Aber nicht nur. Er sammelt eine ganze Reihe von Dingen: Pfeifen, aber auch Postkarten. Vor allem solche aus dem Ersten Weltkrieg und mit Fahrrädern.«

»Wie hast du ihn kennengelernt?«

»Eben über das Fahrrad. Man hatte mir einen Händler für alte Fahrräder auf dem Flohmarkt von Saint-Ouen genannt. Ich bin hingegangen, weil wir welche für den Film brauchen. Dort riet man mir, zu ihm zu gehen, weil er haufenweise Material über Fahrräder zu Hause hat. Der Händler hat mir seine Telefonnummer gegeben, und so haben wir uns kennengelernt. Seine Ratschläge sind sehr wertvoll. Zum Beispiel hat er mich darauf hingewiesen, dass vor dem Ersten Weltkrieg praktisch alle Männer Schnurrbart trugen und die meisten ihn erst während des Krieges abrasiert haben. Mit so etwas kann man gut das Vergehen der Zeit zeigen. Ach, übrigens, wenn es dir Spaß macht, wir brauchen gerade Statisten für eine wichtige Szene in einem Bistro. Da siehst du auch gleich, wie gedreht wird. Was hältst du davon? ... Jeanne Moreau ist dabei.«

»Äh ... ja, gern. Aber was muss ich da tun?«

»Nichts. Du sitzt an einem Tisch und trinkst etwas, so wie jetzt hier. Aber das ist noch nicht so bald, erst Ende April oder Anfang Mai. Wenn Blätter an den Bäumen sind ... ja, um auf Jakowsky zurückzukommen: Uns hat sicher der Umstand einander nähergebracht, dass wir beide nicht in Frankreich geboren wurden. Er kam in Bessarabien zur Welt, in Kischinjow, wo es 1905 ein Pogrom gab. Und weil ein Teil des Films auch in Deutschland spielt, hat er mir erzählt, dass er lange vor dem Krieg vorgehabt hatte, mit dem Fahrrad durch Deutschland zu fahren. Aber als er von den ersten Judenverfolgungen erfuhr, hat er seinen Plan aus Solidarität aufgegeben ... Komm, trink deine Schokolade aus, wenn sie nicht schon kalt ist«, fuhr Robert nach kurzem Schweigen fort, »dann bitten wir Nadine um den Kellerschlüssel und schauen uns das Gemälde an, von dem er erzählt hat.«

Das Gemälde, von dem Anatole Jakowsky gesprochen hatte, war direkt auf die Wand gemalt. Alle Gänge des Kellers waren in dieser Art bemalt und in Straßen des

Viertels verwandelt worden. Straßenschilder, auch sie gemalt, gaben die Namen an: Rue des Couronnes, Rue de Belleville, Rue Piat, die Rue des Envierges natürlich, wo wir uns befanden, die Rue Vilin mit ihrer Treppe und die Fußgängerbrücke der Rue de la Mare, oberhalb des Bahnhofs der Ringbahn. Der Maler hatte ein Stück seiner Stadt nachgebildet mit allem, was man dazu an geschwungenen Gaslaternen und schiefen Häusern brauchte; darüber wölbte sich ein blauer Himmel. Auch das Haus aus dem Film *Goldhelm* hatte er gemalt und ein aus einer Zeitschrift ausgeschnittenes Foto von Simone Signoret daraufgeklebt. Er hatte seine Bemühungen so weit getrieben, auf ein Stück echten Bretterzaun, der dort aufgestellt war, den Rest eines Plakats zu kleben, das eine Demonstration vor der »Mauer der Kommunarden« zu Ehren der Märtyrer der Pariser Kommune ankündigte, und daneben noch das Bistro von Nadine zu malen, mit einem echten Flaschenregal auf dem Boden.

Aber auch wenn dieses gewaltige Fresko voll von Erinnerungen des Malers steckte, so verriet in dem Gewirr von Straßen und Sackgassen merkwürdigerweise nichts die Anwesenheit von Menschen. Kein Spaziergänger, nicht eine Concierge vor ihrer Tür, keine Kinder, die Murmeln oder Himmel und Hölle spielen, nicht einmal eine Katze oder ein Hund. Nur ein paar Noten drangen frei aus dem Fenster eines Hauses in der Rue Botha, in dem Maurice Chevalier geboren wurde, und über dem zu lesen stand:

»Les gars d'Ménilmontant
Sont toujours remontants
Même en redescendant
Les rues de Ménilmu-u-u-uche …«

(Die Jungs von Ménilmontant / Bringen einen immer wieder hoch / Selbst wenn sie runtergehen / Durch die Straßen von Ménilmu-u-u-che …)

Das Gemälde, das wohl bezeugen sollte, wie das Viertel einmal war, zeigte hier und da einige beunruhigende Wunden, und man konnte sich den Künstler vorstellen, wie er sich hartnäckig mühte, mit fortwährenden Retuschen die um sich greifende Feuchtigkeit zurückzudrängen.

»Der Mann, der das Viertel gemalt hat, ist ein Rentner, der im Haus wohnt«, sagte uns Nadine, als Robert ihr den Kellerschlüssel zurückgab. »Er hat vor über zwei Jahren damit angefangen und kommt immer noch fast jeden Tag her. Manchmal frage ich mich, warum er noch kommt, jetzt, wo er fertig ist. Manchmal gehe ich runter, um Flaschen zu holen, und sehe ihn, wie er da auf seinem Klappstuhl sitzt und das Bild betrachtet … Wie um die Straßen zu überwachen.«

»Vielleicht hat er Angst, dass die ganze Farbe wegen der Feuchtigkeit von den Wänden platzt?«, fragte Robert.

»Nein, überhaupt nicht, er versteht sich nur nicht besonders gut mit seiner Frau«, antwortete Nadine.

»Um den Streitereien zu entgehen, nimmt er Farbe, Pinsel und Klappstuhl und ›geht zum Motiv‹, wie er sagt. Für ihn ist das Motiv das, was er im Kopf hat. Da muss er nicht weit gehen. Ich weiß nicht, ob ihm seine Streitigkeiten als Vorwand dienen, die drei Stockwerke runterzugehen, oder ob die Ausbesserungsarbeiten ihm erlauben, die Wohnung zu verlassen, aber er arrangiert sich sehr gut damit. Wenn er fertig ist, kommt er auf einen Muscadet vorbei, das verschafft ihm eine Pause, und dann geht er mit seiner Ausrüstung und dem Klappstuhl wieder in seine Wohnung hoch und macht den Fernseher an. Monsieur Jakowsky mag das Gemälde sehr, sagt aber, es sei ›ein vergeblicher Versuch, die Zeit anzuhalten‹. Das ist so ein Satz von ihm. Aber stimmt schon, man fragt sich, wer die Ausbesserungsarbeiten machen wird, wenn Monsieur Fernand einmal nicht mehr da ist.«

Wir blieben auf dem kleinen, terrassenartigen freien und grasbewachsenen Gelände stehen, keine zweihundert Meter von Nadines Bistro entfernt, an dessen Rand bereits zwei Wohnblöcke errichtet worden waren. Das Gelände befand sich an der Stelle, wo die Rue Piat, die Rue des Envierges und die Rue du Transvaal aufeinanderstoßen, oberhalb der Treppe der Rue Vilin, und schien wie dazu geschaffen, sich in die Betrachtung des schönsten Panoramas der Stadt zu versenken.

»Hast du *Goldhelm* gesehen?«, fragte mich Robert.

»Mit Simone Signoret? Ja, habe ich, aber das ist schon ein Weilchen her.«

»Na, genau da sind wir. Genau hier hat Jacques Becker mehrere Einstellungen gedreht.«

Und Robert zeigte mir die Tischlerwerkstatt, in der Serge Reggiani arbeitete, die Bäckerei, vor der Simone Signoret eine Droschke anhalten ließ. Er erzählte mir von der gewaltigen Ohrfeige, die sie Reggiani genau an der Stelle, an der wir standen, verpasste. Er erinnerte sich noch exakt, was sie gesagt hatte: »Du wirst entschuldigen, aber die hab ich gestern gekriegt, so sind wir quitt.«

»Ich hätte gern, dass auch Truffaut ein paar Einstellungen hier dreht«, fügte er hinzu. »Es ist gut, wenn das Kino sich seiner Filme erinnert.«

Ich hatte den Eindruck zu sehen, was er sah, bevor ich selbst es wahrnahm. An diesem Ort, an dem noch ein paar Stücke der Vergangenheit erhalten geblieben waren, schienen die Erinnerungen in Roberts Gegenwart auf ganz natürliche Weise ihren Platz zu finden. Und während ich ihn begeistert von *Goldhelm* erzählen hörte, sah ich ihn wieder in der Ferienkolonie vor mir, wie er uns abends auf den Zimmern von den Filmen erzählte, die er mochte.

»Man muss am frühen Morgen hierherkommen, wenn die Sonne hinter uns aufgeht, im März oder April«, fuhr Robert fort. »Du kaufst dir beim Bäcker dort an der Ecke ein Schokoladencroissant, lehnst dich an die Balustrade und schaust. Die Menschen reden noch nicht zu laut, man sieht nur die ersten Arbeiter, die zur Metrostration Couronnes unterwegs sind, um zur Arbeit zu gehen, und vor dir hast du das schönste Bild des erwachenden Paris.«

Wir schwiegen und betrachteten die Silhouette von Paris, die sich im Licht des Winterabends abzeichnete. Unten, auf dem Boulevard de Belleville, unterbrach eine Polizeisirene die Stille.

Später gab Robert mir seine Telefonnummer und seine Adresse. Er wohnte nicht weit von mir entfernt, in der Rue Meslay, jenseits der Place de la République. Wir reichten uns die Hand. Er wollte sich noch einmal das Bistro ansehen, für das sie Statisten brauchten. Ich versprach, ihn anzurufen, und wir zogen beide in unsere jeweilige Richtung davon. Er die Rue Piat hinauf, um sich bei Dunkelheit ein Bistro anzusehen, das er nur vom Tag kannte, und ich die Stufen der Rue Vilin hinunter, um nach Hause zu gehen.

2

DAS BISTRO HATTE ROBERT hinter der Place des Fêtes entdeckt. Am Ende der Impasse Compans.

Ein am Gittertor befestigtes Schild, »Chez Victor – Café – Boulespiel«, wies den Weg. Man trat durch das Tor in einen Hof wie den eines Bauernhauses, in dessen hinterem Teil eine Art Podium mit Balustrade aufgestellt war, zu dem eine Holztreppe führte, wie es sie, glaube ich, noch in manchen Ausflugslokalen gibt und auf denen die Musikkapellen sitzen.

Von dort aus sah man unter sich in der Ferne die Gemeinden Les Lilas und Le Pré-Saint-Gervais liegen, dörfliche Häuser, unterbrochen von Wäldchen und Gemüsegärten, so weit das Auge reicht.

In dieser Insel des Friedens, die mehr wie ein Tanzlokal im Grünen wirkte als wie ein Bistro, würde ich bei einem Film mitwirken – ich konnte es nicht fassen.

Es war noch nicht ganz zehn Uhr, und ich wusste nicht, wo ich hin sollte, versuchte aber gleichzeitig, nichts von dem zu verpassen, was sich tat und wovon ich nicht viel begriff.

»Der muss drinnen sein«, antwortete mir ein Mann,

der eine Gaslaterne trug, auf meine Frage, wo ich Robert finden könne.

Ins Innere von *Chez Victor* gelangte man über drei Stufen und eine verglaste Doppeltür, die weit offen stand und durch die man einen ersten Raum betrat, an dessen Wänden zwei Plakate angebracht worden waren; eines kündigte einen Ball im *Moulin de la Galette* an, das andere eine Ausstellung mit Gemälden von Picasso bei Ambroise Vollard. Es gab noch einen Raum, in dem sich die Bar befand und durch den sich das Rohr eines Kohleofens zog; in einem weiteren ließen sich gerade junge Frauen, vermutlich Statistinnen, frisieren.

»Ach, da ist Bernard«, sagte Robert, so als ob mich außer ihm noch jemand kennen würde.

Tatsächlich kannte mich noch jemand und drehte sich frisch frisiert zu mir um. Ich fuhr vor Freude zusammen: Es war Laura. Laura, in die ich vor sieben Jahren verliebt gewesen war, als wir den Sommer gemeinsam in derselben Ferienkolonie in Tarnos verbracht hatten und Robert unser Betreuer gewesen war.

Auch sie hatte ich seitdem nicht wiedergesehen, und doch war das Gefühl, das ich für sie empfunden hatte, erhalten geblieben, seltsam unversehrt.

Bei Ausflügen waren wir nebeneinander hergelaufen und hatten unsere Schritte aufeinander abgestimmt. Beim Baden war ich an ihrer Seite geschwommen. Und das war alles gewesen. Ich war damals vierzehn und gab mich damit zufrieden. Es genügte mir zu wissen, dass sie anderen nicht mehr schenkte. Dass sie niemanden bevorzugte.

Ich wusste, dass Laura, wie viele andere in der Ferienkolonie, keine Erinnerung an ihre deportierten Eltern hatte. Sie hatte immer in Kinderheimen gelebt. Doch törichterweise konnte ich nicht anders, als eifersüchtig auf diejenigen zu sein, die über Jahre hinweg ihr Leben teilten.

Eines Tages sagte sie mir – das war kurz vor dem Ende der Ferienkolonie, und sie sagte es mit bewegter Stimme –, sie habe es satt, jeden Tag in einem Speisesaal zu essen, jede Nacht in einem Schlafsaal zu schlafen, nur Bücher aus der Bibliothek zu lesen, und zählte noch eine Menge anderer Dinge auf, die sie gerne allein getan hätte. Ich kannte diesen Schmerz und hätte sie gerne geküsst, in die Arme genommen, aber ich wagte mich nicht zu rühren, da ich wusste, dass eine zärtliche Geste sie in Tränen hätte ausbrechen lassen.

Am Nachmittag jedoch hatte ich sie bei der Hand genommen, und wir waren über den Strand bis ins Wasser gerannt. Laura hatte sich den Wellen hingegeben und gelacht, und mehr wurde nicht gesagt.

Jetzt lächelte Laura, weniger blass als mit dreizehn, über meine Überraschung.

»Alles Gute zum Geburtstag, Bernard.«

Alles Gute zum Geburtstag? Wie konnte sie sich erinnern? Durch Robert? Und er, woher wusste er es?

Als ich ihn fragend ansah, bemerkte ich, dass er sich an den Rat von Jakowsky erinnert hatte und sich einen Schnurrbart hatte wachsen lassen.

»Komm, wir suchen dir ein Kostüm aus«, sagte er, ohne die geringste Anspielung auf den Geburtstag zu machen.

Zehn Minuten später trug ich eine hochgeknöpfte schwarze Jacke aus Kattun und eine weite, an den Knöcheln engere Hose aus dickem braunen Cord, wie sie Zimmerleute tragen.

»Ich glaube wirklich, du trägst die von Reggiani«, stellte Robert sichtlich zufrieden fest. »Und wo ich gerade daran denke, vergiss nicht, beim Drehen deine Armbanduhr abzulegen.«

Während die Szenerie fertig arrangiert wurde, ging ich zu Laura, die sich auf die Balustrade des kleinen Podiums stützte und wartete. Natürlich sprachen wir nicht über unsere gemeinsamen Erinnerungen. Die anderen Erinnerungen streiften, immer wieder unterbrochen von Schweigen, ungeordnet durch die sieben vergangenen Jahre.

Laura berichtete, dass sie bei *Brentano's* arbeite, einer angloamerikanischen Buchhandlung in der Avenue de l'Opéra, wo sie dank ihrer Englischkenntnisse eine Stelle gefunden hatte. Die Sprache hatte sie während eines langen Aufenthalts in einer englischen Familie gelernt, die sie hatte adoptieren wollen. Laura war zwar gerührt, hatte aber abgelehnt, wobei sie jedoch weiter gute Beziehungen zu der Familie pflegte, die sie sogar von Zeit zu Zeit besuchte, um ein paar Tage dort zu verbringen.

»Genau wie du hatte auch ich Robert aus den Augen verloren. Und dann, vor fast einem Jahr, kam er zu *Brentano's*, ohne zu wissen, dass ich dort arbeite. Er fragte nach einer amerikanischen Ausgabe eines Krimis, *Schießen Sie auf den Pianisten* von David Goodis, *Down There*. So haben wir uns wiedergesehen, und so habe ich auch erfahren, dass er gerade mit François Truffaut gearbeitet hatte. Seitdem haben wir uns ein paar Mal getroffen. Das letzte Mal haben wir uns gesehen, kurz nachdem auch ihr euch begegnet seid, und da hat er mir vorgeschlagen, in dem Film als Statistin mitzuwirken. Deshalb wusste ich, dass du da sein würdest. Da heute Dienstag ist und dienstags in der Buchhandlung nie besonders viel los ist, habe ich problemlos einen Tag Urlaub bekommen.«

Laura und ich sollten bei der Einstellung, für die Truffaut uns brauchte, am selben Tisch sitzen.

In einer langsamen Kamerafahrt sollte die Kamera dem von Henri Serre gespielten Jim seitlich folgen, während er einen der Räume des Cafés durchquerte.

»Ihr seid verliebt«, hatte Robert uns als einzige Anweisung gesagt, als Truffaut eine kurze Probe verlangte. Laura und ich sahen uns an. Sie lächelte und streckte ganz natürlich ihre Hände vor, damit ich sie in meine nahm.

Ich war zu verstört, um richtig zu begreifen, was um unseren Tisch herum geschah. Während ich immer noch Lauras Hände hielt, trat Truffaut zu uns:

»Hat Robert es euch gesagt? Wenn die Kamera an euch vorbeifährt, küsst ihr euch.«

Hatte Robert ihm gesagt, wer wir waren?

Die Klappe fiel, und die Kamera näherte sich geräuschlos auf ihren Schienen, richtete sich auf uns und entfernte sich, um Henri Serre zu folgen. Drei Mal. Drei Mal drückte ich, als die Kamera vorbeifuhr, meine Lippen auf Lauras, und der drei Mal gegebene Kuss belebte plötzlich wieder, was ich verloren geglaubt hatte und was die sieben Jahre nicht ausgelöscht hatten. Danke, François Truffaut.

Nach jedem »Aus!«, das Truffaut rief, löste Laura als Erste ihre Lippen von meinen. Nach dem dritten Mal war es vorbei. Alle waren bereits mit der Vorbereitung der nächsten Einstellung beschäftigt, die vor dem Bistro gedreht werden sollte, und ich betrachtete Lauras Hände, zu denen meine nicht zurückzukehren wagten.

3

Da geplant war, dass ich am nächsten Tag wiederkommen sollte, hatte Robert mir wie jedem im Filmteam ein Dispositionsblatt mitgegeben.

Ich trug es sorgfältig zusammengefaltet in der Hosentasche, und als ich in der Impasse Compans durch das Gittertor von *Chez Victor* trat, las ich es noch einmal durch, wie um es auswendig zu lernen:

Film: *Jules und Jim.* Mittwoch, 3. Mai 1961. 19. Drehtag. Zeitplan 9–18 Uhr. Drehort: Café *Victor*, Impasse Compans. Metrostation: Place des Fêtes. Tel.: BOT. 14. 99. Und dann die Nummern der Einstellungen und die Namen der Schauspieler. Nur Jeanne Moreau sollte telefonisch benachrichtigt werden. Für die anderen galt dasselbe wie für die Statisten: Neun Uhr drehfertig. Und so war ich um neun Uhr da, auch wenn Robert mir gesagt hatte, dass man mich erst am Nachmittag brauchte. Aber da ich vom Vortag vor allem die drei Küsse von Laura in Erinnerung behalten hatte, interessierte es mich zu sehen, wie Dreharbeiten ablaufen.

Ein Schauspieler, der auf dem Dispositionsblatt nicht vermerkt war, den ich aber wiedererkannte, weil ich ihn im *Chez Moineau*, einem Cabaret in der Rue Guénégaud,

Chansons von Bruant hatte singen hören, unterhielt sich gerade mit Truffaut.

Sobald Robert mich sah, fragte er mich, ob ich mir zutraue, ein Lastendreirad zu fahren. Angesichts meines Zögerns hielt er es für klüger, mich mit einem weiten Malerkittel aus naturfarbenem Leinen auszustatten: »Heute Nachmittag gehst du vor dem Café vorbei und trägst eine Malerleiter über der Schulter.«

Ich brauchte nicht lange zu warten, bis ich mir zu meiner Zurückhaltung gratulierte. Aus Jux schwang sich ein Techniker auf das Dreirad, neigte sich in einer Kurve auf die falsche Seite, kippte um und stürzte mitsamt dem Gefährt zu Boden. Sofort ertönte schallendes Gelächter vom gesamten Team einschließlich Truffaut, den ich mir gar nicht schallend lachend hatte vorstellen können. Ich war noch einmal davongekommen.

Wie auf dem Dispositionsblatt vorgesehen, fuhren durch das offen stehende Gittertor nacheinander ein »Automobil, ohne Verdeck, 1914« und ein »Pferdelieferwagen, 1914«.

Ich erlebte dieses Kommen und Gehen von dem Podium aus mit, wo ich – gerade erst, wie mir schien – einen langen Augenblick mit Laura verbracht hatte. Neben mir war ein Statist in die Lektüre von *La Guerre sociale* vertieft, einer anarchistischen Tageszeitung, die tags zuvor als Requisit gedient hatte. Über die ganze Seite erstreckte sich die Schlagzeile: »Leckt mich am Arsch!«

Für die Lektüre der Zeitung hatte auch ich noch Zeit, denn erst am späten Nachmittag wurde ich gerufen, um mit der Leiter über der Schulter vor dem Café vorbeizugehen, wie Robert mir gesagt hatte.

Um die Einstellung zu drehen, die Truffaut »Catherine und Jim verpassen ihr Treffen« genannt hatte, die auf der Klappe aber 38 H hieß, war die Kamera im Bistro mit Blick auf die vermeintliche Straße aufgestellt worden. Und in dem Moment, in dem Jeanne Moreau die drei Stufen hinunterging, sollte ich, aus der entgegengesetzten Richtung kommend, mit meiner Leiter vorbeigehen und dem von einem Pferd gezogenen Lieferwagen begegnen. Woraufhin dann in dem Moment, in dem Jeanne Moreau enttäuscht wieder das Bistro verließ, nun das Automobil von 1914 vorbeifuhr, gefolgt von dem berüchtigten Dreirad. Da alles perfekt geregelt war, mussten nur zwei Aufnahmen gemacht werden.

In das Bistro, in dem ich dank Robert Laura wiedergetroffen habe, bin ich später zurückgekehrt. Um sie erneut wiederzusehen. Als ich sie nach ihrer Adresse gefragt hatte, hatte sie mir gesagt, ich solle sie bei *Brentano's* anrufen: »In der Buchhandlung ist es einfacher, dort bin ich täglich von Dienstag bis Samstag.« Am Telefon hatten wir ein Treffen für Montag, den 22. Mai, vereinbart und ich hatte gedacht, es sei gut, sich bei *Victor* zu treffen, an dem Platz, an dem wir die Liebenden gespielt hatten.

Ich war zu früh eingetroffen, und ohne das Filmteam

schien der Ort verändert. Eine Pflanze, die am Fuß des Gittertors wurzelte und die mir bei den Dreharbeiten nicht aufgefallen war, zog sich an der Wand entlang. Im Inneren fehlten das Grammofon mit Schalltrichter ebenso wie die Plakate von der Picasso-Ausstellung und dem *Moulin de la Galette*. Auf dem Podium standen Tische und Stühle, manche davon waren von Boulespielern besetzt. »Piemontesen«, hat mir Monsieur Victor, der Wirt des Bistros, etwas später gesagt. »Sie kommen praktisch jeden Tag. Nur Männer.« Sie hatten ihr Spiel unterbrochen, um ein Bier zu trinken, bevor sie ihre Partien wieder aufnahmen. Aber ihre Anwesenheit störte mich nicht. Das Innere des Cafés war wegen des schönen Wetters menschenleer, und so war ich glücklich, mich an den Tisch setzen zu können, an dem ich Lauras Hände in meinen gehalten hatte.

Niemand ging mit einer Leiter über der Schulter vorüber, als Laura, wie es Jeanne Moreau getan hatte, die drei Stufen zum Café hinunterschritt. Wir lächelten. Ich bei der Erinnerung, sie, weil ich, wie sie es erwartet hatte, denselben Tisch ausgesucht hatte.

Sie küsste mich freundschaftlich auf die Wange, bevor auch sie einen Granatapfelsirup bestellte.

Ihr vorsichtiger Kuss hätte mich warnen sollen. Doch ich hatte unsere Begegnung so sehr erwartet, dass ich nichts merkte. Als ich an dem Bistrotisch saß, so nahe bei Laura, an diesem fast schon sommerlichen

Tag, übertrug sich etwas von ihr auf mich, wie in jenen Momenten in der Ferienkolonie, und dieses seltsame, fast geheimnisvolle Etwas verwirrte mich zu sehr, als dass ich in dem Augenblick hätte verstehen können, dass es Liebe war. Trotz all der Jahre der Entfernung, in denen wir uns aus den Augen verloren hatten, war die Spur jener Momente erhalten geblieben, wiederbelebt durch das Händchenhalten und die Küsse, die wir uns auf Truffauts Anweisung hin gegeben hatten.

Unser Gespräch begann mit dem Schweigen, das ich fürchtete, seit wir uns verabredet hatten, und das Laura zu überbrücken versuchte, indem sie in kleinen Schlucken ihren Granatapfelsirup trank. Und ich fragte mich, ob die Küsse, deren Erinnerung ich auf ihren Lippen nicht zu suchen wagte, eine Geschichte ankündigten, deren Bedeutung weder Truffaut noch Robert geahnt hatten.

Dann sprachen wir über Robert.

Ob sie wisse, wie er es angestellt habe, ins Filmmilieu hineinzukommen? Ja, sie wusste es.

»Nachdem wir uns wiedergetroffen hatten, sind wir zusammen zum Mittagessen in ein Bistro in der Nähe der Buchhandlung gegangen. Und da ich mich genau wie du daran erinnerte, dass er damals, als unser Betreuer, eigentlich Schneider war, habe ich ihn danach gefragt. Ich konnte mir schließlich denken, dass Filme zu mögen sicher nicht ausreicht, um zum Assistenten von Truffaut zu werden. Er war auch nicht mehr Schneider, sondern hatte andere Berufe ausgeübt, Töpfer zum Beispiel. Als er Kontakt zu Truffaut aufnahm, arbeitete er, glaube ich, als Büroangestellter. Er hatte eine Anzeige in einer Zeitung gesehen, ich glaube in *France-Soir*, ja, es war *France-Soir*, weil er nämlich, als er mir das erzählte, sagte: ›Siehst du, es gibt keine schlechte Lektüre.‹ In der Anzeige stand, dass Truffaut Kinder im Alter von ungefähr dreizehn Jahren suchte, Jungen, die in einem Film mitspielen sollten. Daraufhin hat Robert ihm geschrieben, ob er während der Dreharbeiten nicht vielleicht jemanden bräuchte, der sich um die Kinder kümmert. Aber er erhielt keine Antwort. Nach vierzehn Tagen beschloss Robert dann, Truffaut aufzusuchen, der ihn auch empfing und sich sehr gut an den Brief erinnerte. Er hatte sich nicht die Zeit genommen, zu antworten, weil er mitten in den Vorbereitungen zu seinem Film steckte, und außerdem glaubte er nicht, dass er jemanden bräuchte, da sich seine Assistenten um die Kinder kümmern könnten. Robert war ein bisschen enttäuscht, aber auch froh, dass er mit Truffaut hatte sprechen können. Er hat ihm von den Ferienkolonien erzählt, den kleinen Aufführungen, die er mit uns gemacht hat, von all dem. Und dann rief ihn Truffaut, als er schon in der Tür stand, zurück, um ihm ein Drehbuch in die Hand zu drücken. Das war *Sie küssten und sie schlugen ihn*. Er sagte ihm: ›Lesen Sie doch bitte das Drehbuch, ich hätte gerne Ihre Meinung gehört, die Meinung eines Außenstehenden, der nichts mit Kino zu tun hat, und dann rufen Sie mich an, und wir reden darüber.‹ Gut, er war nicht engagiert worden, aber schon im Treppenhaus schlug er das Drehbuch auf, um es zu lesen. Ein paar Tage später trafen sie sich wieder, um darüber zu sprechen. Ich weiß nicht mehr, was Robert mir von ihrem Gespräch erzählt hat, außer dass sie sich über *Betragen ungenügend* von Jean Vigo unterhalten haben. Ja, das war zu der Zeit, als er in einem großen Büro arbeitete, denn ein paar Wochen später, als die Dreharbeiten schon angefangen hatten, ruft Truffaut ihn eines Abends an. Er sagt ihm, er habe recht gehabt, und ob er kommen könne, um sich um die Kinder zu kümmern, das wäre gut. Das galt für alle Szenen, die in der Schule spielen. Denn die Kinder machten im Hof Krach, und jedes Mal, wenn eine Einstellung mit einem oder zwei Schauspielern gedreht werden sollte, störten sie mit ihrem Lärm die Tonaufnahme. Du kannst dir vorstellen, wie Robert sich gefreut hat. Er hat Truffaut geantwortet, dass er nicht gleich am nächsten Tag kommen könne, dass er einen Tag brauche, um im Büro krank zu wirken, aber dass er am übernächsten Tag morgens da wäre. Robert hat mir erzählt, er habe sich so sehr gewünscht, dass es klappt, dass er schon Fieber hatte, als er zur Arbeit ging. Als sein Abteilungsleiter ihn sah, hat er ihn nach Hause geschickt, um sich auszukurieren, aber um keinen Verdacht zu erregen, erwiderte Robert ihm, es sei nichts, das würde vorübergehen. Deshalb war niemand verwundert, als er am nächsten Tag nicht zur Arbeit erschien, aber da war Robert schon am Drehort. Er hat die Kinder – es war eine ganze Klasse – unter den überdachten Teil des Hofs geführt und Pantomimenspiele mit ihnen gespielt, du weißt schon, all die stillen Spiele, die wir in der Ferienkolonie an den Abenden gespielt haben. Das hat so gut funktioniert, dass Truffaut normal hat drehen können. Das Problem war nur, dass Robert nicht beim Drehen zusehen konnte, weil er ja all die Spiele anleiten musste, dabei hätte er gern gesehen, wie das abläuft. Aber er hat mir erzählt, dass es einen fantastischen Moment gab, nämlich als Truffaut ihm am Abend des ersten Drehtags sagte: ›Ich bin sehr zufrieden, das ist gut gelaufen, und wenn es Sie interessiert, nehme ich Sie mit, um einen Blick auf die Muster vom Dreh gestern zu werfen.‹ Und schon saß Robert im Auto neben Truffaut, der ihn mitnahm, um sich anzusehen, was am Tag zuvor gedreht worden war, und er hatte in dem Moment das Gefühl, das Kino würde ihn mit offenen Armen empfangen. Die nächste große Freude war, als Truffaut am Ende der Dreharbeiten, als er ihn ein bisschen besser kannte, zu ihm sagte: ›Ich weiß, dass Sie Filme machen möchten, also wenn Sie wollen, nehme ich Sie als Assistenten für meinen nächsten Film.‹ Als Robert mir das alles erzählt hatte, sagte er am Ende: ›So war das Märchen.‹ Und siehst du, Truffaut hat Wort gehalten, denn Robert hat bei *Schießen Sie auf den Pianisten* mitgearbeitet, nach dem Buch, das er in der Buchhandlung gesucht hatte, und jetzt bei *Jules und Jim*.«

Je länger ich Laura zuhörte, desto mehr fragte ich mich, warum Robert uns für den Dreh hatte zusammenführen wollen. Wann war er auf die Idee gekommen, uns beide ein Liebespaar spielen zu lassen? War ihm das schon vor dem Dreh klar? Oder hatte Truffaut ihn im letzten Moment darum gebeten?

Dann machte ich es so wie am Tag der Aufnahmen, ich nahm Lauras Hände in meine. Sie rührte sich nicht. Sie sah mich nur an mit einer Art traurigem Wohlwollen, und ich begriff, dass die Dinge damit ihr Bewenden haben mussten. Dass die Küsse des Drehs, die jedes Mal von Truffauts »Aus!« unterbrochen wurden, nur trügerische Küsse gewesen waren, wie es Kinoküsse sein müssen. Dass sie mich, wie viele andere Zeichen, hätten ahnen lassen müssen, dass jenes Gefühl, das so leichtsinnig in mir aufgestiegen war, gekappt werden würde. Ich zog meine Hände zurück.

»Und doch hast du eingewilligt, mich zu küssen.«

»Weil Robert uns dazu aufgefordert hatte.«

»Nein, es war Truffaut. Robert hatte uns nur gesagt, wir seien ineinander verliebt.«

»Das ist dasselbe«, antwortete Laura.

Wir waren in unserem Gespräch einer so ungeschickt wie der andere – und als wolle sie uns davon ablenken, sprang eine Katze auf die Zinktheke und ließ sich dort nieder, wie um ein wenig Abkühlung zu finden.

Wir spürten sehr wohl, dass es an der Zeit war, uns

zu trennen, und dass Laura die Initiative ergreifen und es behutsam tun musste, da sie wusste, dass ich wegen meiner Verwirrung unfähig gewesen wäre, es ohne Grobheit zu tun.

»Lass mich als Erste gehen«, sagte sie also. Und nachdem sie mir den gleichen Kuss wie beim Ankommen gegeben hatte, wandte sie sich der offen stehenden Tür zu. Sie zögerte einen Augenblick, und als ob ihr Körper ihr schon vorausgeeilt wäre, blieb sie, kurz bevor sie die drei Stufen hinaufgehen wollte, stehen. Vielleicht weil Laura begriff, dass ich, von Kummer überwältigt, nicht einmal mehr etwas zu retten versuchte, kehrte sie zurück und legte ihre Lippen auf meine. Dann, nachdem sie mir bedeutet hatte, mich nicht zu rühren, ging sie hinaus, ohne sich umzudrehen, wusste sie doch, dass ich ihr beim Weggehen zusah.

Dieser letzte Kuss entfernte uns wieder voneinander, und ich war über diesen Widerspruch kaum erstaunt.

Als Laura gegangen war, blieb auf dem Bistrotisch der Bildband zurück, den sie mir bei ihrer Ankunft geschenkt und den ich nicht aufzuschlagen gewagt hatte, und ich sah nun wieder ihre Hände vor mir, die das Buch vor mich hinlegten. Es war der Katalog *The Family of Man* mit den Fotografien der großen Ausstellung, die Edward Steichen im Museum of Modern Art in New York organisiert hatte.

Ich blätterte den Band gedankenlos durch. Die Fotos,

die aus achtundsechzig Ländern stammten, waren nach Themen geordnet. Themen wie Hochzeit, Geburt, Mutter und Kind, Spiele, Arbeit, Einsamkeit, Familie, und dieses letzte Thema, Familie, zog meine Aufmerksamkeit auf sich. Es gab da eine italienische Familie, eine aus Südafrika, eine dritte aus Japan, und eine weitere, vor der ich noch länger verweilte. Das Foto zeigte eine amerikanische Familie von elf Personen, die sich um eine Großmutter auf einem kleinen Schaukelstuhl versammelt hatte. Vielleicht auf Bitten des Fotografen hin - wenn es denn nicht der Wunsch der Familie war - posierten die elf Personen an eine Wand gelehnt, an der vier sorgfältig gerahmte Porträts von Vorfahren hingen. Zwei Männer und zwei Frauen. Und ich begriff nun, warum ich vor dem Foto innegehalten hatte. Wenn es dort aufgenommen worden war, genau an diesem Ort, dann, um ein Bild zu haben, auf dem sie alle zusammen sein würden. Die Lebenden und diejenigen, die vor ihnen gelebt hatten.

Der allererste Satz des Vorworts zu dem Fotobuch, in das ich zunächst nur einen flüchtigen Blick geworfen hatte, lautete: »Der erste Schrei eines Neugeborenen in Chicago oder Zamboanga, in Amsterdam oder Rangoon hat denselben Klang und denselben Ton, jeder sagt: ›Ich bin. Ich habe die Barriere überwunden! Ich bin Teil der Welt! Ich bin ein Mitglied der Familie.‹«

Allmählich gelang es mir nicht mehr, die Bilder des Bandes von dem zu trennen, was Laura mir bei ihrer Ankunft gesagt hatte. Genau wie ich hatte sie in der Impasse Compans, direkt neben *Chez Victor*, auf Höhe des ersten Stockwerks eines Hauses die frischen Spuren eines Brandes bemerkt. Sie hatte eine Bemerkung gemacht, der ich keine besondere Aufmerksamkeit beigemessen hatte: »Ich hoffe, sie haben daran gedacht, ihr Fotoalbum zu retten.« Das war alles. Und sie hatte ihren Granatapfelsirup bestellt.

Während ich den Band mit Fotografien durchblätterte, kam die Erinnerung an das junge Mädchen aus der Ferienkolonie wieder hoch. Ich wusste, dass etwas in ihr zerbrochen und wieder gekittet worden war. Aber nur gekittet.

Ich hatte erfahren, dass Laura als kleines Mädchen im Kinderheim einmal ihrer Puppe Falten ins Gesicht gemalt und ihr die Lippen geschminkt hatte. Sie hatte aus ihrer Puppe eine Erwachsene gemacht. Man hatte sie auch beobachtet, wie sie versuchte, sich in die Arme ihrer Puppe zu schmiegen, um zu erfahren, wie es ist, in den Armen einer Mutter zu liegen. Der Band *The Family of Man* und die Erinnerung an den Brand in der Impasse Compans trugen die Spuren der Falten der Puppe.

Diesen Band, den ich vor dem Aufschlagen, noch bevor etwas begonnen hatte, nur als ein Trennungsgeschenk hatte entgegennehmen können, nahm ich jetzt als ein mir anvertrautes Geheimnis, als den letzten Kuss, dessen Bedeutung ich nicht verstanden hatte, und ich bemühte mich nicht, meine Tränen zurückzuhalten.

4

AM MITTWOCH, den 24. Januar 1962, lief *Jules und Jim* in den Kinos an, und am darauffolgenden Freitag sahen meine Mutter und ich den Film im Kino *Le Vendôme* an der Avenue de l'Opéra. Ohne Alex, denn der Film war erst ab achtzehn freigegeben, und Alex war erst vierzehn. Er war wütend, denn wegen einer Streikdrohung war nicht einmal sicher, dass er fernsehen konnte.

Bei dem Gedanken, Laura und mich wiederzusehen, war mir beklommen zumute. Die Küsse, die wir ausgetauscht hatten, waren in der Versenkung verschwunden und würden durch die Magie des Kinos wieder hervorgeholt. Und als ich im Dunkeln, noch bevor der Vorspann begann, Jeanne Moreaus Stimme sagen hörte: »Du sagtest mir: Ich liebe dich / Ich sagte dir: Warte / Ich wollte sagen: Nimm mich / Du sagtest mir: Geh«, hatte der Liebeskummer seinen Weg zu mir zurückgefunden, als hätte er sich einfach nur verlaufen.

Meine Mutter ging selten ins Kino. Diesmal war sie glücklich, mit mir zusammen zu gehen, und freute sich, mich, wenn auch nur flüchtig, auf einer Leinwand zu sehen. Und als ich mich sah, wie ich mit der Leiter über der Schulter vorbeiging, und kaum die Zeit hatte, mit dem Finger auf mich zu deuten, lächelte sie mich vertrauensvoll an, denn die Sequenz war so kurz, dass man mich unmöglich erkennen konnte. Ungeduldig erwartete ich die zweite Einstellung. Vergeblich: Von dem, was die Kamera von Laura und mir gefilmt hatte, blieb keine Spur. Es gab zwar durchaus die Einstellung, in der Jim sich mit Louis Florencie unterhielt, aber die Einstellung davor, die einzige, die für mich wichtig war, fehlte.

Als das Licht wieder anging und noch während ich meiner Mutter in den Mantel half, hatte ich das Bedürfnis, den Film sehr bald noch mal zu sehen, als ob etwas in mir sich weigerte, den süßen Moment, den ich erlebt hatte, aufzugeben, aus dem Laura durch das Herausschneiden der Einstellung nun endgültig entfernt worden war.

Warum war die Einstellung geschnitten worden, wo man sie doch gedreht hatte?

Ich hatte keine Lust, darüber zu sprechen, musste meiner Mutter aber doch etwas davon erzählen. Wieder lächelte sie mich an, diesmal ein bisschen traurig, konnte sie mir doch keine tröstende Antwort geben.

Auf der Straße hängte sie sich bei mir ein. Ich erinnerte mich nicht, dass sie das schon einmal getan hatte. Und ich fragte mich, wie lange wir nicht zusammen im Kino gewesen waren. Sechs Jahre? Sieben Jahre? Vielleicht länger. »Trinken wir noch etwas Warmes«, sagte sie, als wir an der Place de l'Opéra angekommen waren. Als der Kellner im Café eine heiße Schokolade für mich und einen Tee für sie brachte, erinnerte sie ihn daran, die vergessene Zitronenscheibe und ein Glas zu bringen. Sie trank den Tee immer aus einem Glas, das sie mit den Händen umfasste.

Als wir uns aufgewärmt hatten, schlug sie vor, nach Hause zu laufen. Wir schwiegen eine Zeit lang. Dann fragte sie mich, ob ich das Buch gelesen hätte, das als Vorlage für den Film gedient hatte. Nein, ich hatte es nicht gelesen. Sie sagte: »Ich würde es gern lesen«, und das war der Beginn dessen, was ich über meine Eltern erfahren sollte.

Die Geschichte von Jules, Jim und Catherine - eine reine Dreiecksliebe, hatte Truffaut sie genannt - war wie ein Echo der Geschichte, die meine Mutter erlebt hatte. Und als hätte das Gefilmte sie wiederbelebt, begann sie ihre Erzählung damit, wie sie meinem Vater und Leizer bei der Protestkundgebung begegnet war, die auf das Pogrom von Przytyk folgte.

»Yankel und Leizer kannten sich bereits. Sie gehörten derselben jüdischen sozialistischen Organisation an: dem Bund. Sie wohnten im selben Viertel und hatten auch dieselbe Schule besucht. Und dann hat dein Vater mit fünfzehn bei seinem Vater das Schusterhandwerk erlernt und Leizer bei seinem das Schneiderhandwerk. Nach der Kundgebung bin auch ich dem Bund beigetreten, andere haben sich bei den Gruppen der linken Zionisten eingeschrieben, im Dror oder im Hachomer. Fast die gesamte Einwohnerschaft von Przytyk bestand aus Juden, und so war genug Platz für mehrere Organisationen. Danach trennten Yankel, Leizer und ich uns nicht mehr. Wir gingen zu politischen Versammlungen, und am Samstagabend gingen wir auch zum Tanzen. Manchmal bis Radom, das war nicht weit entfernt, und es gab dort gute Kapellen, die moderne Sachen wie Tango oder Rumba spielten. Eines Tages erfuhren wir, dass in Radom ein großer Ball mit einer Kapelle organisiert wurde, die extra aus Warschau kam, und beschlossen hinzugehen. Samstagabend gab es immer einen Bus, der von Przytyk nach Radom fuhr. Der Bus sollte um sieben Uhr abfahren, und wir durften ihn keinesfalls verpassen, denn es war der letzte am Abend. Wir hatten vereinbart, dass wir uns alle drei kurz vor Abfahrt an der Bushaltestelle treffen würden. Aber um sieben war Leizer immer noch nicht da. Wir haben den Busfahrer gebeten, noch ein bisschen zu warten, unser Freund habe sich nur ein klein wenig verspätet, aber wegen der anderen Fahrgäste musste er nach einer Viertelstunde dann doch fahren. Wir dachten, dass Leizer bestimmt in letzter Minute etwas dazwischengekommen war, dass er keine Zeit mehr gehabt hatte, uns Bescheid zu geben, also sind wir ohne ihn auf den Ball gegangen. Weißt du, dein Vater war ein großer Tangotänzer. An dem Abend habe ich nur mit ihm getanzt, und wenn man einen ganzen Abend mit demselben Mann tanzt, dann hält er einen anders in den Armen als irgendein Tänzer, der einen an den Tisch zurück begleitet und Danke sagt. Als wir von

Radom zurückfuhren, haben wir uns zum ersten Mal geküsst.«

Mit der Schilderung ihrer Zeit zu dritt in Polen fand meine Mutter, die beim Verlassen des Kinos erschüttert gewesen war und sich an mich geklammert hatte, etwas von ihrer Ausgeglichenheit wieder. Sie schwieg jetzt, wie um in der Zeit vor dem schwarzen Loch zu verweilen.

»Und Leizer?«, fragte ich. »Was war ihm passiert?«

»Leizer? ... Eine blöde Geschichte. Ich habe dir erzählt, dass er bei seinem Vater arbeitete, und an dem Tag musste er unbedingt einen Anzug für eine Hochzeit am nächsten Tag fertig machen und liefern. Während sein Vater am Samstag ein letztes Mal den Anzug überbügelte, hatte Leizer, um Zeit zu sparen, schon den seinen angezogen, den er bei großen Gelegenheiten trug, und der Ball in Radom war eine solch große Gelegenheit. Als er vom Ausliefern zurückkam, hatte seine Mutter ihm einen Teller Bouillon auf den Küchentisch gestellt und wollte ihn partout nicht ziehen lassen, ohne dass er etwas gegessen hatte. In der Eile und aus Angst, sich zu verspäten, hat er wohl irgendeine falsche Bewegung gemacht, jedenfalls ist ihm der Teller auf ein Hosenbein gekippt. Eine fette Bouillon, wie man sie in Polen machte – die Hose kannst du dir vorstellen. Er hat sie sofort mit heißem Wasser besprüht, um sie zu säubern, während seine Mutter wollte, dass er sie auszog, damit sie sich darum kümmern konnte. Aber davon wollte Leizer nichts wissen, weil er dafür die Schuhe hätte ausziehen müssen und schon zu spät dran war, und so versuchte er, die Hose mit dem Bügeleisen aus der Schneiderei zu trocknen, ohne sie auszuziehen. Was hat er da losgebrüllt! Durch das Wasser und das heiße Eisen war ein so heißer Dampf entstanden, dass er nun doch die Hose ausziehen musste. Er hatte sich am Schenkel so stark verbrüht, dass er dort immer eine Narbe behalten hat. Seine Mutter hat ihn behandelt, wie es damals alle taten, sie hat ihm Butter auf die Verbrennung gestrichen; damals ging man wegen so etwas nicht ins Krankenhaus, nicht mal zum Apotheker. Noch am nächsten Tag, als Yankel ihn besuchte, um zu erfahren, warum er nicht zum Ball gekommen war, lag er im Bett, und als die beiden sich von ihrem Abend erzählten, war nichts mehr wie zuvor.

Ich wusste nicht, dass sie beide in mich verliebt waren. Merkwürdig, trotz ihrer Freundschaft – oder vielleicht im Gegenteil, um ihre Freundschaft zu schützen – hatten sie nie miteinander darüber gesprochen. Da ich nichts ahnte, brauchte ich meine Liebe nicht zu verbergen. Es war einfach schön, wie es war. Und dann gab es diesen Ball …«

»Und wenn Papa aus irgendeinem Grund an dem Abend nicht zum Ball gekommen wäre, glaubst du, du hättest zuerst Leizer geheiratet?«

»Leizer … ich weiß nicht … das kann ich dir nicht sagen … aber nein, ich glaube nicht, denn als Papa, kaum hatten wir uns geküsst, um meine Hand anhielt, war das so unglaublich, wie soll ich sagen … Weißt du, in seinen Armen zu tanzen war wunderbar, aber am selben Abend tanzen, sich küssen und einen Heiratsantrag zu erhalten bleibt für mich einer meiner größten Glücksmomente. Danach habe ich weitere große Glücksmomente erlebt: deine Geburt, die von Alex. Aber das war der erste. Es war wie eine Offenbarung. Es war nicht wie ein Plan für die Zukunft, es war besser. Es war da, einfach da, als ob wir bereits verheiratet wären. Nein, ich habe es nie bereut. Und gleichzeitig, was weiß man … Siehst du, an all das habe ich vorhin im Kino gedacht, als Jeanne Moreau zu spät zu ihrer Verabredung mit Jim gekommen ist. Es war blöd wie die Brandwunde von Leizer. So ist es: Sie geht zum Friseur, während Jim auf sie wartet, und als sie mit einer Stunde Verspätung eintrifft, ist Jim nicht mehr da, und sie glaubt, er sei es, der nicht gekommen ist. Also fährt sie am nächsten Tag mit Jules nach Deutschland, um ihn zu heiraten. Und da zwischen Frankreich und Deutschland der Krieg ausbricht, sind sie fünf Jahre lang getrennt. Siehst du, ein Fleck auf der Hose, ein Termin beim Friseur – manchmal sind es solche Kleinigkeiten, die den Lauf eines ganzen Lebens verändern.«

Ohne sich zu bemühen, ihrer Erzählung eine Form zu geben, wahrte meine Mutter auf ganz natürliche Weise die Chronologie. Als hätte das lange Schweigen es ihr erlaubt, ihre Erinnerungen völlig unversehrt zu bewahren. Dennoch war ihre Erzählung, die der gerade gesehene Film ausgelöst hatte, immer wieder von Schweigen unterbrochen, und in diesen Momenten überlegte ich, welches mein Platz in all dem war. Es hätte wenig gefehlt – ein Unfall vielleicht, aber das war natürlich Unsinn – und ich wäre der Sohn von Leizer.

»Und Leizer? Du hast gesagt, dass nichts mehr war wie zuvor.«

»Ja, er fühlte sich verraten. Von mir, vor allem aber von Yankel. Er hat uns seltener besucht. Nach und nach wurde uns klar, dass sein Kummer die Oberhand gewann. Ohne Leizers Kummer wäre unser Glück vollkommen gewesen. Wir wollten ihn nicht verlieren, und das Gefühl, dass unsere Liebe ihn quälte, war schrecklich. Man hätte ihm helfen müssen, aber weder Yankel noch ich konnte das. Seine Freundschaft fehlte uns, und trotzdem waren wir ohne ihn glücklich. Wir haben 1937 geheiratet. Im November. Kurz vor Chanukka. Es war ein schönes Fest. Wir haben gesungen, wir haben getanzt, es gab eine Kapelle, alle Freunde waren da.«

»Leizer auch?«

»Ja, natürlich, es wäre undenkbar gewesen, dass er nicht kommt. Er hat sogar den Hochzeitsanzug deines Vaters angefertigt. Einen Anzug mit Weste. Das war sein Geschenk. Für sich hatte er einen hellen Anzug gemacht, ein bisschen zu hell für eine Hochzeit. Er selbst wirkte auch, als wäre er der Fröhlichste von allen und sehr glücklich, da zu sein. Leider hat er viel zu viel getrunken. Er hatte ein Flasche Wodka in der Hand und stieß mit jedem an. Wir haben begriffen, dass seine Freude nur Theater war, dass sie nur dazu diente, seinen Kummer zu verbergen. Er war außer Rand und Band, niemand konnte ihn bremsen. Und dann hat er beschlossen, uns ein Lied auf Französisch beizubringen. Er wollte es allen Gästen beibringen. Ich weiß nicht, woher er es kannte. Weißt du, es war ›Alouette, gentille alouette, alouette je te plumerai‹, ›Liebe Lerche, liebe, liebe Lerche, Liebe Lerche, rupfen werd' ich dich‹, ein Lied, das du in der Ferienkolonie gesungen hast. Ich weiß, dass er und Yankel, bevor sie mich kennenlernten, vorhatten, eines Tages nach Frankreich zu gehen, aber das habe ich erst hinterher erfahren. Und nun sang er bei der Hochzeit ›Ich rupf dir den Schnabel‹, und während alle wiederholten: ›Ich rupf dir den Schnabel‹, trank er ein Glas Wodka. Und dann: ›Ich rupf dir die Augen‹, ein weiteres Glas Wodka, ›Ich rupf dir den Kopf‹, noch ein Wodka und so weiter. Und am Ende, als alle im Chor wiederholten: ›Und den Schnabel, und die Augen, und den Kopf, und die Flügel‹, hat Leizer mich angesehen und ist in Tränen ausgebrochen. Und fast gleichzeitig sahen wir, wie sich auf seiner Hose ein Fleck abzeichnete. Und während die Gäste weitersangen, hörte Leizer nicht auf zu weinen, während der Fleck auf seiner Hose immer größer wurde. Alle schoben das aufs Trinken, und manche machten sich sogar lustig darüber. Es war schrecklich. Ich erkannte sehr gut, vielleicht wegen seines Blicks, dass einfach sein ganzer Körper weinte. Und das war alles, was ich tun konnte: zusehen, wie sein Körper weinte.«

Meine Mutter drückte meinen Arm ein bisschen fester, und einen Moment lang glaubte ich, ihre Erzählung würde da enden, weil ich seit dem Verlassen des Kinos gelernt hatte, dass eine schmerzhafte Geschichte auch aus Schweigen besteht. Ich wagte es nicht, ihr Fragen zu stellen. Nach ein paar Schritten fuhr sie fort, vielleicht aus Furcht, ihre Erzählung würde in ihr zerbrechen. Eine Erzählung, die dafür sorgte, dass die beiden Männer, die sie geliebt hatte, überlebten.

»Kurze Zeit danach haben dein Vater und ich beschlossen, nach Frankreich zu ziehen. Ich war bekümmert wegen Leizer, weil das ein Plan von ihm gewesen war, aber ich fürchtete, dass er unser Glück verderben würde, wenn wir blieben. Von Paris aus haben wir ihm mehrmals geschrieben, aber er hat unsere Briefe nie beantwortet. Am Tag vor unserer Abreise waren wir lange zusammen. Wir weinten alle drei, ganz wie wir vorher zusammen gelacht hatten. Und dann kam der Krieg.«

Wir waren gerade am Kino *Rex* und dem Café vorbeigekommen, in dem meine Mutter, Leizer, Alex und ich bei unseren Sonntagnachmittagspaziergängen immer anhielten, um ein Eis zu essen oder eine Schokolade zu trinken.

»Erinnerst du dich an das ›Spiel der Großen Boulevards‹?«, fragte meine Mutter lächelnd.

Das Spiel war eine Erfindung von Leizer gewesen. Er führte uns sonntags auf die ungerade Seite des Boulevard Saint-Martin, und unter dem Vorwand, meine Fortschritte im Lesen zu überprüfen, eignete er sich dort von der Place de la République ausgehend Paris an. Wir gingen nebeneinander: Er, mit dem Rücken zu den Geschäften, sagte deren Namen auf, um sie zu lernen, ich, mit dem Gesicht zu ihnen und erhobenem Kopf – ich musste etwa sieben gewesen sein –, bestätigte oder soufflierte ihm die Namen, bei denen er zögerte. So ging das Sonntag auf Sonntag, bis er die Reihenfolge der Namen und Ladenschilder mühelos auswendig kannte. Meine Mutter, die uns mit Alex im Kinderwagen folgte, amüsierte sich darüber, nicht ohne Leizer darauf hinzuweisen, was für eine Kinderei es doch war, solch eine Befriedigung daraus zu ziehen, die Namen von Geschäften auswendig zu lernen, die er in den allermeisten Fällen sowieso nie betreten würde. Als steckten all seine Pariser Träume in diesem Ort, nahm Leizer als Antwort Alex in die Arme und sang mit seinem jiddischen Akzent:

»J'aime flâner sur les Grands Boulevards
Y'a tant de choses, tant de choses,
Tant de choses à voir
Y'a les cafés et leurs comptoirs
Et puis les terrasses
Où des p'tites femmes se prélassent …«

(Ich flanier gern über die Boulevards, / Da gibt's so viel, da gibt's so viel, / Zu schau'n, ja das ist wahr. / Die Cafés dort und die Tresen da / Und erst die Terrassen, / Mit schönen Damen, kaum zu fassen ...)

Wir kannten den Weg gut. Auf der anderen Seite des Boulevards, fast gegenüber dem Händler für Scherzartikel und Festbedarf, musizierte auf der Terrasse des Cafés *Le Balthazar* immer eine Kapelle. Wir hörten uns dann zwei oder drei Chansons an, bevor wir nach Hause zurückgingen.

Die aufsteigenden Erinnerungen – meine Mutter hatte ebenfalls Richtung *Balthazar* geblickt, dessen Terrasse zu dieser Jahreszeit verhängt war – erlaubten mir, sie zu fragen, ob sie glaube, dass mein Vater glücklich gewesen wäre, wenn er gewusst hätte, dass sie Leizer geheiratet hatte.

»Wie soll man das wissen. Das habe ich mich auch oft gefragt und nie eine Antwort gefunden. Und da, wo sie jetzt sind ... Yankel ist in Aschestaub im Himmel über Polen aufgegangen, Leizer irgendwo in der Tiefe des Ozeans ... siehst du«, fuhr sie dann mit einem leisen Lächeln fort, »die Aussicht, dass sie miteinander sprechen, ist sehr gering ... Dass ihr beide, Alex und du, da seid und lebt, lässt sie beide existieren, da es ja nirgends einen Ort gibt, an dem man ihrer gedenken, bei ihnen wachen könnte. Sicher, es gibt die Stühle, auf denen sie gesessen, das Bett, in dem sie geschlafen haben, aber

Leizer hat nie Papas Platz eingenommen. Sie hatten dieselbe Zeit mit mir. Sie sind nicht mehr da, aber noch so präsent, dass kein anderer Mann ihren Platz einnehmen wird.«

Zwei Männer hatten sich, einer nach dem anderen, aus ihrem Leben zurückgezogen. Zwei Männer, einer davon mein Vater, zu denen ich endlich Fragen stellen konnte, weil meine Mutter gerade ein Schweigen gebrochen hatte, das sie so lange bewahrt hatte.

»Weiß man, wie Papa verhaftet wurde?«

»Nein, nicht genau. Ich habe dir ja erzählt, dass wir uns im Krieg versteckt hatten. Der Schuhfabrikant, bei dem Papa arbeitete, hatte uns gewarnt, dass es am nächsten Tag eine Judenrazzia geben würde. Wir sind der Razzia entgangen, weil wir uns in Gentilly bei jemandem verstecken konnten, den Papa kannte und der ebenfalls in der Lederverarbeitung tätig war. Wir haben schnell ein paar Sachen zusammengepackt und sind dann dort in Gentilly geblieben, wo wir zu viert in einem Zimmer geschlafen haben. Bobe war bei uns. Nach ein paar Tagen ist der Mann, bei dem wir uns versteckt hielten, in der Cité Crussol vorbeigegangen, um zu sehen, was da los war. Wir hatten ihm die Schlüssel gegeben. Aber er ist nicht hineingegangen, weil die Tür versiegelt war. Wir brauchten aber noch ein paar Sachen aus der Wohnung. Vor allem Dokumente, die wir möglicherweise benötigen würden, denn beim überstürzten Aufbruch hatten wir viel zurückgelassen. Ich wollte nicht, dass Papa in die Wohnung zurückkehrt, weil uns in der Cité jeder kannte und ich nicht wusste, wem man wirklich vertrauen konnte. Da kam er auf die Idee, übers Dach des Cirque d'Hiver ins Haus zu gelangen, um keine Aufmerksamkeit zu erregen. Diesen Weg hat er ein paar Mal genommen, um zu holen, was geholt werden konnte. Nur leichte Sachen. Dokumente, einen Schuhkarton, in dem wir all unsere Fotos aufbewahrten, ein paar Spielsachen von dir. Er hatte die Siegel aufgebrochen und war empört, nur durch Einbruch in die eigene Wohnung zu gelangen. Und dann ist er eines Tages nicht zurückgekommen. War er denunziert worden? Hat ihn jemand, der die aufgebrochenen Siegel gesehen hatte, ausgespäht? Wir haben es nie erfahren. Der Freund, der uns versteckte, ist noch einmal hingegangen, aber niemand hat ihm etwas sagen können. Vielleicht wurde er in der Metro verhaftet, vielleicht wollte man sehen, was er in seinem Koffer hatte. Ich habe mir alles vorgestellt und weiß es bis heute nicht.«

»Hast du im Cirque d'Hiver nachgefragt?«

»Wann? Nach dem Krieg? Wen hätte ich zwei Jahre danach fragen können? Nein, anfangs habe ich niemanden gefragt. Später, als ich ehemaligen Deportierten begegnet bin, zeigte ich das Foto, aber niemand hat mir je etwas sagen können. Auch Leizer habe ich gefragt. Sie hätten sich im Lager begegnen können, aber ich weiß nicht einmal, in welches Lager Yankel gebracht worden ist ... Als er über die Dächer ins Haus zurückkehrte, war ich jedes Mal besorgt. Ich wollte nicht, dass er noch mal hinging, aber er versteifte sich darauf, er war überzeugt, dass ihm nichts geschehen würde. Mit Leizer war es genauso. Ich hatte ihm gesagt, er solle das Schiff nehmen, das sei sicherer, aber er wollte nicht hören. Er sagte, mit dem Flugzeug wäre er schneller wieder da. Also hat er ein Flugticket gekauft und ist dann nicht mal bis Amerika gekommen, wo seine Schwester ihn erwartete.«

Ohne es zu merken, waren wir in der Nähe des Cirque d'Hiver angelangt, als meine Mutter gerade wiederholte, sie habe keinen Ort, an dem sie ihrer gedenken könne.

»Es gibt die Erinnerungen«, fuhr sie fort, fast wie für sich, »aber das ist ja kein Ort. Erinnerungen sind dazu da, bewahrt zu werden. Dann gibt es Fotos … ja, es gibt Fotos, aber auf den Fotos sind sie lebendig. Und es gibt die Friedhöfe, aber wenn ich zu Yom Kippur auf den Friedhof von Bagneux gehe, weiß ich, dass meine Toten nicht dort sind. Da gibt es nur Eichhörnchen. Bagneux ist voll von Eichhörnchen. Auch der Friedhof von Przytyk war voll von Eichhörnchen. Als ich klein war und sah, wie sie von Grab zu Grab sprangen, musste ich unwillkürlich denken, dass sie etwas mit dem Austausch zwischen Toten und Lebenden zu tun haben.«

Ich hatte mich meiner Mutter noch nie so nahe gefühlt wie an diesem Abend. Vielleicht war meine zu kurze Liebesgeschichte, deren Spur nur noch in mir erhalten war, der Auslöser dafür, dass ihre eigene Geschichte unversehrt wieder zutage treten konnte und sie die Worte fand, sie mir jetzt zu erzählen.

»Ich bin ein bisschen traurig, dass es in dem Film nicht mehr Spuren von dir gibt«, hatte sie gesagt, »aber ich bin froh, dass ich ihn mit dir gesehen habe, denn so konnte ich zum ersten Mal etwas von mir erzählen aus der Zeit, als ich ungefähr in deinem Alter war. Es nicht nur erzählen, sondern: es dir erzählen. Ich glaube, das war das Wichtige ... Allein hatte ich Angst, dass meine Toten sich entfernen.«

So hatte es also einen Film gebraucht, damit diese Geschichte – ein bisschen von meiner Geschichte – endlich zu mir gelangte.

Als wir die Cité Crussol betreten hatten, überlief mich ein Schauder. Da gab es eine Frau, meine Mutter, die sich bei mir einhakte, die mir alles sagte, wofür sie bis dahin nicht die Worte gefunden hatte. Als wir vor dem Gebäude am Ende der Sackgasse ankamen, hob ich den Blick zum obersten Stockwerk, wo abends häufig ein Licht im Küchenfenster anzeigt, dass sie zu Hause ist.

Wenn sie Fenster putzt, hält sie manchmal inne, betrachtet die Dächer, dann die Sackgasse, in der die Männer, die sie geliebt hat, nicht mehr auftauchen. Das passiert im Allgemeinen morgens, wenn die Sonne in unsere Wohnung dringt und die Farbe der Mauern verändert.

5

Als ich aufstand, war meine Mutter schon bei der Arbeit und Alex in der Schule. Auf dem Tisch standen ein Glas Orangensaft, mit einem kleinen Teller abgedeckt, und eine Schale, daneben ein frisches Baguette. Meine Mutter hatte keine Nachricht neben der Schale hinterlassen, wie sie es tut, wenn ich etwas Bestimmtes erledigen soll. Ich wusste, dass Milch und Butter im Kühlschrank waren und der Kaffee in der Kaffeekanne nur noch einmal aufgewärmt zu werden brauchte.

Während ich meinen Kaffee trank, versuchte ich an die Spuren zu denken, die der gemeinsam verbrachte Abend bei meiner Mutter hinterlassen hatte, und machte mir Vorwürfe, nichts von ihrem Kummer geahnt zu haben.

Ich sah mich um: Nichts wies darauf hin, dass zwei Männer nacheinander hier gewohnt hatten. Männer, die meine Mutter geliebt hatten und von meiner Mutter geliebt worden waren. Es gab nur das Foto meines Vaters, das auf der Anrichte stand, und dann, neben der Anrichte, wie ein nicht mehr benutztes Kleidungsstück, ein unnötig gewordener Stuhl vor der Wand. Der Stuhl, auf dem nacheinander mein Vater und dann der von

Alex Platz genommen hatten und auf den Alex, wenn er von der Schule kommt, seinen Ranzen ablegt und ein bisschen später meine Mutter ihre Tasche, wenn sie ihrerseits von der Arbeit zurückkehrt. Erst in dem Augenblick bemerkte ich, dass am Rand des Tischs der Schuhkarton stand, in dem sie die Familienfotos aufbewahrte, wie ich wusste.

Sicher hatte sie nicht schlafen können und sich ein paar Fotos angesehen und dann nicht daran gedacht, den Karton wegzuräumen.

Als ich ein wenig später, nachdem ich meine Kaffeeschale in die Spüle gestellt hatte, meinerseits den Deckel des Kartons abhob – wahrscheinlich desselben Kartons, den mein Vater geholt hatte, als er über das Dach in die Wohnung ging, und auf dem in der leicht eckigen Schrift meiner Mutter mit rotem Stift ›Fotos‹ geschrieben stand –, wusste ich noch nicht, wie weit die Fotos mich führen würden. Ich erwartete nichts Besonderes. Nicht, dass ich sie für belanglos hielt, aber diejenigen, die mich einstweilen interessierten, erzählten im Wesentlichen von der Gegenwart. Ich betrachtete sie ein wenig zerstreut. Es waren – aufeinandergestapelt, dazwischen ein paar Postkarten, die Alex und ich aus der Ferienkolonie in Tarnos geschickt hatten – Fotos von uns, als wir klein waren, Klassenfotos und andere auf Karton, die Menschen zeigten, die ich nicht kannte, und über die ich hinwegging. Eines von ihnen, das auf der Vorderseite lag, zog meine Aufmerksamkeit auf sich.

Wegen des Stempels, der besagte: »Kunstfotografie. Rue de Ménilmontant 32. Paris 20. Arr.«, aber ohne Angabe eines Datums oder des Namens des Fotografen. Es war ein Porträtfoto meiner Eltern, ein Brustbild, die Gesichter leicht von der Seite beleuchtet, wie man es im Studio macht. Beim Durchsuchen des Kartons fand ich vier weitere Exemplare davon. Alle in Postkartenformat. Warum fünf Exemplare? Um sie der in Polen gebliebenen Familie zu schicken? Ich dachte daher, dass das Foto von 1940 stammte, dem Jahr, als der Briefverkehr mit Polen schwierig wurde. Deshalb die fünf im Karton gebliebenen Exemplare.

Da wurde meine Aufmerksamkeit von einem anderen Foto abgelenkt: dem der Schuhmacherwerkstatt, in der mein Vater als Lederzuschneider gearbeitet hatte. Man sieht ihn selbst auf dem Foto, rechts im Bild, in einem weißen Kittel mit aufgekrempelten Ärmeln. Es ist ein großformatiges, sepiafarbenes Foto, auf dicken, grauen Karton geklebt, mit abgestoßenen Ecken. Das Foto hatte ich mir wohl schon einmal sehr genau angesehen, denn es trägt eine handschriftliche Notiz von mir in schwarzer Schrift: »Dieses Foto wurde um Viertel nach drei aufgenommen.« Ich amüsierte mich über diese einzige Angabe, die ich als Kind gemacht habe – der Schrift nach muss ich acht gewesen sein –, weil man die Uhr an der Wand auf dem Foto eher übersieht. Kurz danach fand ich unter den Fotografien ein Blatt, das just mit der Aufnahme zu tun hatte: eine Arbeitsbescheinigung auf Briefpapier, ausgestellt vom Arbeitgeber meines Vaters. Er hieß Léon Brandwain, Rue Julien-Lacroix 2a. Der maschinegeschriebene Text lautet: »Der Unterzeichnete bescheinigt, Monsieur Appelbaum in seiner Fabrik als Zuschneider zu beschäftigen.« Die Bescheinigung trägt das Datum 13. Juni 1941, unterschrieben mit Brandwain und gestempelt durch den Polizeikommissar des Viertels Belleville. Deshalb nahm ich noch einmal das Foto und griff nach einer Lupe, um mir die »Fabrik« näher anzusehen. Acht Personen arbeiten dort, darunter eine Frau – Madame Brandwain? – und ein Lehrling. Für die Aufnahme tun sie so, als seien sie bei der Arbeit. Der offensichtlich älteste Mann – vielleicht Monsieur Brandwain – präsentiert ein Modell. Die Verwendung der Lupe bringt mich dazu, aufmerksamer auf bestimmte Details zu achten. Wie etwa jenes, das mir enthüllt, dass das Foto, anders als ich geschrieben hatte, nicht »um Viertel nach drei« aufgenommen wurde, sondern um Viertel nach vier.

Ein weiteres Foto stammt von dem Fotografen aus der Rue de Ménilmontant. Diesmal war ich es, der fotografiert wurde. Die Unschärfe in Form eines Ovals, die mein Gesicht umgibt, eine künstlerische Unschärfe, wie sie Studiofotografen häufig anwenden, lässt nicht erkennen, welche Kleidung ich trage. Zu sehen ist nur ein breiter Kragen mit rundem Saum, der fast vollständig meine Schultern bedeckt. Ich vermute, dass ich einen Spielanzug trage. Soweit ich beurteilen kann, muss ich ungefähr ein Jahr alt sein. Wenn das Foto – was mir logisch scheint – am selben Tag gemacht wurde wie das meiner Eltern, so wurden sie beide wohl eher 1941 aufgenommen. Von dieser Fotografie, ebenfalls in Postkartenformat – auf der Rückseite sind im rechten Teil sogar vier Linien für die Angabe einer Adresse aufgedruckt –, finde ich nur ein einziges Exemplar in dem Karton. Sollten die anderen verschickt worden sein? Bis wann war damals Briefverkehr mit Polen noch möglich? Auf die Frage bringt mich vor allem ein anderes Foto. Es ist kaum größer als ein Passbild und zeigt einen alten Mann. Er trägt eine Schirmmütze aus gestreiftem Stoff und mit verstärktem Schirm, wie sie bei Russen und Polen verbreitet sind. Sein Gesicht wirkt abgemagert. Zwei tiefe Falten beginnen an der Nase und verlieren sich in seinem weißen Schnurrbart. Der ebenfalls weiße Vollbart ist nicht so geschnitten wie im Allgemeinen die Bärte frommer Juden, sondern kürzer, ein wenig eckig. Er trägt auch eine Krawatte, deren Knoten über einem Hemd aus dickem Stoff gebunden ist, das sichtlich nicht für Krawatten gemacht ist. Und vor allem trägt er, auf die rechte Brustseite aufgenäht, den gelben Stern, den alle Juden des besetzten Europa tragen mussten. Auch er betrachtet den Fotografen, aber er scheint ihn nicht zu sehen. Sein Blick geht durch ihn hindurch. Vielleicht betrachtet man so die Welt, wenn man einen letzten Blick auf sie wirft. Dieser Mann war mein Großvater. Der Vater meines Vaters. Auf der Rückseite der Fotografie eine einzige Angabe, geschrieben mit schwarzem Stift: »13 x 18«. Das lächerliche Format einer Vergrößerung.

Um meinen Vater auf dem Foto der Werkstatt in der Rue Julien-Lacroix wiederzuerkennen, musste ich das Bild auf der Anrichte zu Hilfe nehmen. Auf die Weise hielt ich, fast aufschreckend, vor einer der Fotografien inne, die ich bereits aus dem Schuhkarton genommen hatte. Ich hatte sie zu schnell, zu flüchtig betrachtet. Mein Vater und Leizer sitzen im Gras, an einen Baum gelehnt, Schulter an Schulter und, wie in einer Art Inszenierung, wie um das Bild besser auszufüllen, die Beine nicht vor sich, sondern seitlich ausgestreckt. Die zahlreichen Bäume hinter ihnen lassen mich vermuten, dass sie sich in einem Wald in der Umgebung von Przytyk befinden. Es muss warm sein, denn sie sind beide in Hemdsärmeln, aber haben ihre Krawatte anbehalten. Ihre Hosen werden von breiten Hosenträgern gehalten. Fast könnte man denken, sie seien Zwillinge. Am Ast eines Baumes hängt eine Jacke, an dessen Fuß liegen zwei Hüte. Ein Männerhut und ein Damenhut. Wenn die Anwesenheit meines Vaters und Leizers, die hier vereint sind, meine Aufmerksamkeit auf sich gezogen hat, so ist der Damenhut der Grund, weshalb ich mir das Bild nun genauer ansehe. Denn ich kann mir nicht vorstellen, dass der Hut jemand anderem als meiner Mutter gehören konnte, und natürlich hat sie das Foto aufgenommen.

Denn anders als beim Bild meines Großvaters sehen mein Vater und Leizer, was sie betrachten. Sie sehen die Person, die sie fotografiert und die beide lieben. Und mehr als der Hut ist es der Blick der beiden, der ihre Anwesenheit offenbart. Das ist es, was das Foto erzählt: eine Liebesgeschichte.

»Ich habe Jules verloren, und ich habe Jim verloren«, hatte meine Mutter gesagt, und gerade hatte ich erfahren, dass die Fotos, in denen ihre Erinnerungen ruhten, mir Antworten gaben, als ob ich ihnen Fragen stellte. Aber ich stellte ihnen keine Fragen. Ich betrachtete sie nur, so aufmerksam wie möglich. Aber vielleicht heißt auch das Fragen stellen.

Nach dem Betrachten dieses Fotos gewann etwas in mir Kontur, wurde langsam klarer. Schüchtern zunächst, so etwas wie eine Vorgehensweise, ein Verhalten, bestehend aus Suchen, Vorstößen, Erkundigungen, geduldigem Nachfassen, um herauszufinden, was früher geschehen war.

Das Foto zeigte mir so etwas wie einen Weg, den ich einschlagen konnte. So etwas wie eine Aufforderung, wiederzufinden, was mir bis dahin gefehlt hatte. Und ich fragte mich, warum dieses Bild, das ja zeigte, was meine Mutter, mein Vater und Leizer von sich bewahren wollten, nicht ebenfalls auf der Anrichte stand, neben dem meines Vaters.

Ich schenkte mir noch einen Schluck Kaffee ein, den ich im Stehen trank, während ich den Tisch mit dem Durcheinander der Fotos betrachtete, die ich mir angesehen hatte. Mit einem Mal begriff ich, dass der Karton nicht aus Vergesslichkeit oder Nachlässigkeit noch dort stand. Wenn meine Mutter ihn da hatte stehen lassen, auf dem Tisch neben der Schale, dem Orangensaft und dem frischen Baguette, dann in der Hoffnung, dass ich ihn öffnen würde, um unser vor wenigen Stunden geführtes Gespräch fortzusetzen.

Und dann kam das Hochzeitsfoto meiner Eltern. Es war als Erstes unten in den Karton gelegt worden – kam also für mich als Letztes – und war so etwas wie das fehlende Teil eines Puzzles. Es lag da in dem Schuhkarton und wartete einfach darauf, dass ich es in die Hand nahm. Dass ich mich mit ihm beschäftigte. Mit griffbereiter Lupe würde ich es betrachten, so wie man Ordnung in seinen Sachen schafft.

Merkwürdigerweise – sofern es nicht anderswo noch andere gab – war es keines jener üblichen Hochzeitsfotos, auf denen das Brautpaar allein inmitten von Blumen steht.

Hier sitzen mein Vater und meine Mutter am Tischende. Als dächten sie an die kommenden Tage, schien sich etwas zugleich Sanftes wie Ernstes über ihr Gesicht gelegt zu haben. Neben meiner Mutter sitzt Bobe in einem Kleid, das ich noch an ihr gekannt habe. Neben meinem Vater sitzt sein Vater, den ich jetzt wiedererkenne, auch wenn sein Bart noch nicht weiß ist, und neben ihm eine alte Dame, die meine Großmutter väterlicherseits sein muss. Die anderen Personen, etwa zwanzig an der Zahl, stehen im Halbkreis um das Brautpaar. Auch hier betrachten sie den Fotografen und lächeln – ganz gewiss auf seine Bitte hin, auch wenn manche es sicher von sich aus getan haben. Alle bis auf einen: Leizer. Er steht ganz links auf dem Foto, aber in der ersten Reihe, ist der Aufmerksamkeit des Fotografen entgangen und hat das Gesicht meinem Vater und meiner Mutter zugewandt.

Auch wenn er im Profil zu sehen ist, weiß ich jetzt, dass er sie mit Verbitterung ansieht, mit jenem Schmerz, von dem er nicht loskam. Er trägt einen hellen Anzug und bildet damit einen Kontrast zu meinem Vater in seinem dunklen Anzug, dessen Brusttasche großzügig mit einem weißen Einstecktuch geschmückt ist.

Ich weiß auch, dass das Foto vor dem Moment des *Alouette, gentille alouette* aufgenommen wurde, zu dem ihn seine Verzweiflung führte.

Indem ich mich, wie um mich der Zeit vor meiner Geburt zu erinnern, bei dem ruhigen Lächeln meiner Eltern aufhielt, hatte ich es versäumt, an Leizer zu denken. Er war aus der Hölle zurückgekommen und hatte die Zeit gehabt, die Frau zu heiraten, die er liebte, und dann ein Kind mit ihr zu haben. Danach war er im Meer versunken. Davor habe ich keine Fragen gestellt, weil ich den Eindruck hatte, alles zu wissen. Da hatte es einen Mann gegeben, den Vater meines kleinen Bruders, mit einer auf den Arm tätowierten Nummer, der seine Zeit damit verbrachte, sie wieder aufholen zu wollen. Wie bei dem Spiel der »Großen Boulevards« war ihm daran gelegen, alle Orte, die er sich während all der Jahre mithilfe von Büchern vorgestellt und von denen er nicht zu träumen aufgehört hatte, zu sehen, ja, sie sich anzueignen.

Ich erinnere mich, dass wir an einem Sonntag alle den Zug genommen hatten, um aufs Land zu fahren. Wir hatten im Gras gepicknickt und Ball gespielt. Vor allem aber wollte Leizer einen Ort finden, der in einem französischen Buch von vor dem Krieg beschrieben war, das er auf Jiddisch gelesen hatte. Später habe ich erfahren, dass es sich um das Haus von Cosette aus Hugos *Die Elenden* in Montfermeil handelte, das er wiederfinden wollte, und dass er schrecklich enttäuscht war, als er erfuhr, dass das Haus nur in Victor Hugos Vorstellung existierte.

Alouette, gentille alouette, alouette je te plumerai.

Ich wusste nicht mehr so recht, was ich von diesen Bildern erwartete, deren Beobachtung und hartnäckige Erforschung mich immer mehr meinen Toten annäherte. Bewahrten sie die Spur dessen, was ich, ohne es zu wissen, brauchte? Etwas überraschte mich dabei. Es fehlte mir ein Foto: eines, auf dem wir alle zusammen gewesen wären, wo ich auf den Knien meiner Mutter gesessen hätte, deren Arme mich mit sanfter Wärme umfingen. Ganz nah bei ihr zu sitzen, mit der beruhigenden Gegenwart meines Vaters, die linke Hand mit dem Ehering auf der rechten Hand ruhend. Und alle drei hätte wir den Fotografen angesehen.

Es war fast Mittag, als ich, nachdem ich die Fotos sorgfältig in ihren Karton zurückgeräumt hatte, ins Treppenhaus trat. Ich nahm die Leiter, die den Zugang zum Dach ermöglicht, von der Wand. Durch die offene Dachluke betrachtete ich lange das beeindruckende Gebäude des Cirque d'Hiver. In der gesamten Umgebung bedeckte der in der Nacht gefallene Schnee noch die Zinkdächer.

6

ALS MEINE MUTTER die Lektüre von *Jules und Jim* beendet hatte, fragte sie mich, ob ich wisse, wann und wie Jules gestorben sei.

»Nein, warum?«

»Weil Jules Jude war.«

»Ach ja? Woher weißt du das?«

»Das steht im Buch. Schau, auf Seite 31: ›... Dort riß mir eines Tages Hermann, ein Kamerad, die Schulmappe weg, warf sie auf die Erde, gab mir eine Ohrfeige und sagte: »Du bist ein fieser Jude!« Ich litt, ohne etwas zu verstehen, bis abends meine Mutter es mir erklärte.‹ Man weiß also, dass Jim Henri Pierre Roché ist, der Autor des Buches, aber ich hätte gern gewusst, wie Jules in Wirklichkeit hieß.«

Daraufhin habe ich mich an die Lektüre von *Jules und Jim* gemacht, und von der ersten Seite an fand ich darin fast wortwörtlich den Film wieder, den François Truffaut aus dem Buch gemacht hatte. Auf den ersten Seiten gab es auch die Beschreibung der Szene, wie Jules mit kleinen Strichen ein Frauengesicht auf einen Bistrotisch kritzelt. Das Gesicht einer Frau, die er hätte lieben können, wenn er nicht Lucie geliebt hätte. Lucie, ein Mädchen aus seinem Land, wie er erzählte, die er hatte heiraten wollen, die ihn aber abgewiesen hatte. Merkwürdigerweise aber war Lucie, die im Buch so präsent ist – es gab sogar ganze Kapitel, die ihr gewidmet waren: »Jules und Lucie«, »Lucie und Jim«, »Lucie in Paris«, »Lucies Reisen« –, aus dem Film verschwunden. So wie später Gertrude, Lina, Magda und Odile verschwanden.

Ab der Stelle, an der Henri Pierre Roché über Lucie schrieb: »Sie hat *Nein* gesagt – aber so zärtlich, daß ich immer noch hoffe«, hat sich auf fast natürliche Weise Lauras Gesicht wie in Doppelbelichtung über jeden seiner Sätze gelegt: »Sie vertraute Jim ihre schmalen Hände an, die zitterten.« »Sie schenkte ihm durch ihre Haare hindurch die Berührung ihrer Lippen.« Und so wie Jim war mir wegen »der kleinen vollkommenen Dinge, die sie gemeinsam erlebt hatten«, ganz beklommen, als sie sich trennten.

Mit dem Buch in der Tasche beschloss ich daher, ins *Chez Victor* zu gehen und die Lektüre dort fortzusetzen.

Mehr als acht Monate, seit dem letzten Kuss von Laura, war ich nicht in das Bistro in der Impasse Compans zurückgekehrt. Jetzt am frühen Nachmittag befanden sich nur wenige Gäste dort. Da »mein« Platz frei war, setzte ich mich dorthin. Nachdem ich bei Monsieur Victor eine heiße Schokolade bestellt hatte, brachte ich mich ihm in Erinnerung.

»Mit Jeanne Moreau? Natürlich erinnere ich mich.

Ich habe sogar in der Zeitung gelesen, dass der Film in die Kinos gekommen ist.«

»Ja, vor bald zwei Wochen.«

»Und? Ist mein Bistro gut zu sehen?«

»Ja, ja. Sogar mehrmals.«

»Umso besser. Sie wissen nicht, wann der im Fernsehen kommt?«

»Nein, das weiß ich nicht. Aber da er gerade erst im Kino gestartet ist, glaube ich nicht, dass das so bald sein wird.«

»Gut, na, dann wart' ich eben. Ich verlass mein Bistro nämlich nicht so oft. Nur um Brot und Croissants für die Theke zu kaufen, bevor ich morgens aufmache. Und dann sonntags, zum Markt auf der Place des Fêtes. Alles andere lass ich mir ins Haus liefern. Gut, also, ich mach Ihnen jetzt Ihre Schokolade.«

Während ich bei Victor noch einmal die Seiten las, auf denen von Lucie die Rede war, hatte ich den Eindruck, Laura hier neben mir zu spüren, obwohl ich sie schon so lange nicht wiedergesehen hatte, und ich wagte es nicht mehr, die Seiten umzublättern, um bei Lucie zu bleiben, die dafür sorgte, dass mir Laura noch präsent war. Seltsamerweise tauchte in den Kapiteln mit Lucie hier und da ein Satz, eine Überlegung auf, die ich bereits gehört zu haben glaubte: »Lassen Sie sie nicht leiden, Jim ...« Und später: »Jim, lieben Sie sie, heiraten Sie sie und bewahren Sie mir ihren Anblick. Ich möchte sagen: Wenn Sie sie lieben, verscheuchen Sie den Gedanken, ich sei ein Stein im Wege.« Und dann noch das Folgende, wovon ich überzeugt war, es im Film gehört zu haben: »Alle Neigungen, die von Herz zu Herz gehen, ach! mein Gott, mein Gott! wie schaffen sie Schmerzen.«

Ich klappte das Buch zu und ging mit gewandelter Neugier am selben Abend in das Kino *Vendôme*, um noch einmal *Jules und Jim* zu sehen. Ich hatte recht gehabt: All diese Sätze aus dem Buch kamen durchaus im Film vor, bezogen sich aber auf Catherine. Und das, was ich an Catherine mochte, stammte von Lucie (die nicht im Film vorkam) und war von Truffaut auf Catherine übertragen worden.

Im Radio hatte ich einen Schriftsteller sagen hören – ich wusste nicht wer, denn die Sendung lief bereits, als ich einschaltete –, sein Vergnügen als Leser sei häufig mit einem Ort verknüpft. So lese er, wie er erklärte, Giono an den Ufern der Durance, Maupassant in der Normandie und Henri Calet im Autobus Nr. 96. Da der 96er bei mir vorbeikommt und dann über die Rue de Ménilmontant hinauf nach Les Lilas fährt, regte mich das letzte Beispiel an, die Lektüre von *Jules und Jim* bei *Victor* fortzusetzen, da ich der Ansicht war, das sei ganz natürlich der beste Ort.

Als Monsieur Victor mich wiederkommen sah, streckte er mir über die Theke die Hand entgegen. Über den Tresen, wie er sagte.

»Nehmen Sie Ihre Schokolade am Tresen?«

Am Tresen trinken sei besser für die Unterhaltung, fand er.

Unter dem Jahreskalender hinter der Bar war mit Reißzwecken ein Foto befestigt, das im Café aufgenommen worden war. Rechts vorne sah man den »Godin«-Ofen, dessen Rohr sich durch den Raum zog und den man immer noch bullern hörte. Direkt daneben ein Mann mit Schirmmütze, in der Haltung eines Stammgasts am Tresen, eine Zigarette in der Hand und mit verträumtem Blick, der dem Fotografen keine Aufmerksamkeit zu widmen schien. Genauso wenig wie eine Dame, die hinter der Theke stand, das Kinn in die linke Hand gestützt. Wer war sie? Madame Victor? Ich fragte nicht danach.

»Das stammt von '55«, erklärte Monsieur Victor, der meinem Blick gefolgt war. »Das hat mir ein Fotograf geschenkt, der das Viertel fotografiert hat. Denn mein Café ist historisch. Ach, ich zeig Ihnen was.«

Er forderte mich auf, um die Theke herumzukommen, und zeigte mir einen Griff am Boden, mit dem man eine Art Falltür hochheben konnte.

»Weißt du, wo das hinführt?«, fragte Monsieur Victor, der zwischen *Du* und *Sie* schwankte.

»Ich vermute, in den Keller.«

»Richtig, da lagere ich meinen Wein. Aber nicht nur. Es ist ein Versteck. Also, es war ein Versteck«, fuhr er fort, um auf mein fragendes Schweigen zu reagieren.

»Es führt in die Rue de Belleville, zur 213, genau an der Ecke der Place des Fêtes. Da kannst du nachsehen gehen, im zweiten Hof. Da gibt's einen Zugang zur Kanalisation. ›Laterneneinstieg‹ heißt der. Da kommt man raus.«

»Und wenn man hier reingeht, kann man noch bis dahin?«

»Nein, heute nicht mehr. Das ist zugemauert worden. Aber zu Bonnots Zeiten konnte man.«

»Bonnot? Der Bonnot von der Bonnotbande?«

»Richtig, der Bonnot von der Bonnotbande. Aber Vorsicht, ich hab den nicht gekannt, denn damals reichte ich einschließlich Mütze noch nicht bis zum Tresen. Nein, das hat mir mein Vorgänger erzählt, der mir die Kneipe hier übergeben hat. Anscheinend kam Bonnot häufig her. Aber Sie wissen, wie es ist: Es gibt immer welche, die die Polente benachrichtigen, um sich beliebt zu machen – und die Polente war sich sicher, ihn hier zu schnappen, weil das ja eine Sackgasse ist. Nur waren die kaum am Eingangstor, da war Bonnot schon im Keller und lief Richtung ›Laterneneinstieg‹ oder anderer Einstiege, dem in der Rue des Cascades oder dem in der Rue de la Mare, denn anscheinend sind die alle miteinander verbunden. Am Ende ist Bonnot dann doch noch erwischt worden, aber das war viel später und nicht hier. In Choisy-le-Roi. Ach, wenn du mehr erfahren willst, da gibt's einen Gast, der häufig herkommt, der kennt alle Geschichten von Belleville, von der Kommune und all dem. Ein Alter, mit Haaren, die beim Wintersport waren. Es ist ein Glück, ihn zu treffen, denn er kennt alle Welt. Wenn man ihm zuhört, lernt man genauso viel, wie wenn man Bücher liest. Eigentlich ist jetzt die Zeit, wo er immer hier auftaucht«, fuhr Monsieur Victor fort und sah auf einen Wecker, der dort stand, wo er immer die Gläser abstellte. »Er bringt mir meinen *France-Soir*, legt ihn auf den Tresen, wenn er ihn gelesen hat, und geht wieder. Manchmal würfeln wir auch.«

Ein paar Piemontesen, wahrscheinlich die, die ich beim letzten Mal gesehen und die die trockene Kälte vom Boulegelände vertrieben hatte, nahmen im zweiten Raum Platz.

»Also, ich muss Sie einen Moment verlassen«, sagte Monsieur Victor, während er Gläser und eine noch ungeöffnete Weinflasche auf ein Tablett stellte. »Barbera«, er deutete mit dem Finger aufs Etikett, »das ist ein Rotwein, den ich extra für sie aus Italien kommen lasse. Ehemalige Maurer. Die trinken nichts anderes. Doch, im Sommer, wenn es zu warm ist, trinken sie manchmal ein Bier, aber ansonsten gibt's zehn Monate im Jahr den hier. Ich hab ihn probiert: Nicht mein Geschmack, aber er lässt sich trinken. Damit ist's wie bei allem, es ist eine Frage der Gewohnheit. Na, bei Ihnen ist es Schokolade, bei denen ist es eben Wein aus Italien.«

»Und die wohnen alle im Viertel?«

»Zwangsläufig. Ein Bistro ist kein Ort, wo man mit dem Auto hinfährt.«

Und Monsieur Victor ging ihnen den Wein servieren.

Ich war mit meiner Schokolade fertig, blieb aber am Tresen. Wegen der Unterhaltung.

»Wenn du noch einen Moment bleibst«, sagte Monsieur Victor, als er mit seinem leeren Tablett zurückkam, »hören wir sie singen. So ist das ja nicht. Sie sind vor dem Krieg nach Frankreich gekommen, als sie jung waren und man hier Maurer suchte. Sie wollten ein neues Leben anfangen und das Elend in Italien zurücklassen, aber das Herz ist dort geblieben. Also trinken sie Wein von zu Hause und singen italienisch. Aber nur alte Lieder, denn die Schwermut findet man ja nicht in den neuen Liedern.«

Als hätten sie gehört, was Monsieur Victor mir sagte, stimmten die Piemontesen, im Voraus schon von ihrem Repertoire gerührt, mit angemessener Ergriffenheit *Mamma* an.

»Ach, mit dem fangen sie immer an: *Mamma, son tanto felice.* Denn sie können sich einfach nicht darüber hinwegtrösten, dass sie ihre Mamma zurückgelassen haben.«

Danach, als sie sangen *E tutti va in Francia / in Francia per lavorare*, was für mich nicht schwer zu verstehen war, schien es mir, ich würde meine Mutter *Belz, mein shtetele Belz* singen hören, ein jiddisches Lied, das von einem zu früh verlassenen jüdischen Marktflecken in Polen erzählte. Eines jener Lieder, in denen Heimweh allen Platz einnimmt.

Und dann kam *Bella ciao*, das ich leise mitsang, während ich ihnen zuhörte, und auch weil ich stolz war, Monsieur Victor zu zeigen, dass ich es kannte:

»O partigiano portami via
O bella ciao, bella ciao, bella ciao, ciao, ciao
O partigiano portami via
Che mi sento di morir«

»Sie kennen das? Woher kennen Sie das denn?«

»Das habe ich in der Ferienkolonie gelernt.«

»Waren Sie in einer italienischen Ferienkolonie?«

»Nein, nein. Aber das ist das Lied der italienischen Partisanen. Wir hatten in der Kolonie einen Chor und da hat man uns Partisanenlieder aus verschiedenen Ländern beigebracht.«

Sehr beeindruckt brachte Monsieur Victor eine weitere Flasche in den zweiten Raum.

Auf der Theke lag der *France-Soir* vom Vorabend. Seit ein paar Wochen berichteten die Zeitungen von den wiederholten Attentaten der OAS* im Großraum Paris. Diesmal, so verkündete die Überschrift, hatte die explodierende Bombe Delphine Renard verletzt, ein kleines Mädchen von viereinhalb Jahren, das mit seiner Puppe spielte. Es war schwer verletzt worden und würde vielleicht erblinden. Die Bombe galt André Malraux.

* »Organisation armée secrète« – frz. Untergrundbewegung für ein französisches Algerien.

Ich verschob die Lektüre von *Jules und Jim* auf später und beschloss, nach Hause zu gehen.

Da öffnete sich die Tür des Bistros. Ein weißhaariger Mann in einer dicken Cordsamtjacke, die ganz der ähnelte, die Robert am Drehtag trug, schloss die Tür hinter sich, nahm eine weiche Schirmmütze ab, die er zusammengerollt in die Tasche steckte, und setzte sich in den hinteren Teil des Raums. Seine Bewegungen waren langsam, fast methodisch, als er nacheinander jeden Knopf seiner Jacke aufknöpfte, die Zeitung entfaltete und vor sich ausbreitete.

Ich nahm mir vor wiederzukommen.

7

ACHT TOTE. Tod durch Schädelverletzungen oder Ersticken am Ende der Anti-OAS-Demonstration vom 8. Februar, so sagen die Zeitungen. Acht Tote. Das ist die Bilanz der Niederschlagung der Kundgebung durch die Polizei. Acht Tote, darunter Daniel Ferry, fünfzehn Jahre alt. Das Alter von Alex. Acht Tote, darunter Fanny Dewerpe, dreißig Jahre alt, die leblos am Eingang zur Metrostation Boulets-Montreuil gefunden wurde. Fanny, die ebenfalls Betreuerin in der Ferienkolonie von Tarnos gewesen war. Fanny, deren Mann bereits 1952 bei der Demonstration gegen den Besuch des amerikanischen Generals Ridgeway in Frankreich getötet worden war. Sie hinterlässt einen Sohn, Alain, etwa zehn Jahre alt. Aus der Zeitung erfahre ich noch, dass sie in der Rue Oberkampf 97 wohnte. Ganz in der Nähe von mir.

Die Trauerfeierlichkeiten sollen am Dienstag, den 13. Februar stattfinden. Der Trauerzug wird vormittags um zehn Uhr beim Gewerkschaftshaus aufbrechen, wo die Leichen der acht Opfer aufgebahrt sein werden. Er wird über die Place de la République, die Avenue de la République und dann den Boulevard de Ménilmontant hinauf bis zum Haupteingang des Friedhofs Père-Lachaise ziehen.

Es wird weder Transparente noch Schilder, noch Fahnen, noch Parolen geben.

»Zieht euch warm an, es ist kalt und regnet«, hatte meine Mutter gesagt, als um halb neun plötzlich der Strom ausging. Zur Ehrung der Opfer war die Arbeit niedergelegt worden.

»Pass gut auf Alex auf«, fügte sie noch hinzu, als wir das Haus verließen. Ich beruhigte sie mit einem Lächeln. Wir sagten nichts weiter, aber in unseren Blicken war dieselbe Geschichte zu lesen. Die Geschichte der Kundgebung von Przytyk, die auf das Pogrom folgte, das ebenfalls mehrere Opfer gefordert hatte und bei der sie meinen Vater und den von Alex kennengelernt hatte.

Ich brauchte nicht lange auf Alex aufzupassen. Die gewaltige Menge, die sich bis weit hinter den Boulevard des Filles-du-Calvaire zog, trennte uns, kaum waren wir am Cirque d'Hiver vorbei.

Gerade als ich in der Avenue de la République an der Kreuzung zur Rue Oberkampf nach den ungeraden Nummern sah, um herauszufinden, auf welcher Höhe sich das Gebäude befand, in dem Fanny gelebt hatte, traf ich Robert. Die Begegnung war nicht dem Zufall geschuldet – Roberts Anwesenheit im Trauerzug war zu erwarten gewesen –, aber es hatte etwas Überraschendes, hier auf ihn zu stoßen, inmitten der gewaltigen

Masse von Männern und Frauen, die an den Trauerfeierlichkeiten für die Opfer der Pariser Polizei teilnehmen wollten. Die Zeitungen sollten später von hunderttausenden Menschen sprechen.

Bevor wir uns kurz vor dem Friedhof Père-Lachaise aus den Augen verloren, hatte Robert mir von Fanny erzählt.

»Ich denke an den Kummer des Kindes. Was wird man ihm erzählen? Wird man von Gerechtigkeit reden? Von Rache? Wird man ihm vom Heldentum seiner Eltern, von ihrem Mut, ihrem Kampf erzählen? Ja, ich weiß schon, dass man dieses Bild bewahren muss, aber an erster Stelle wird doch immer sein Kummer stehen. Als ich versucht habe, mir seinen Kummer vorzustellen, musste ich an die Ferienkolonie zurückdenken, an unsere Sprechchöre. Erinnerst du dich? ›Er hatte nicht *einen* Kameraden / sondern Tausende und Millionen / zu rächen ihn, das wusste er …‹«

»›Und der Tag brach für ihn an.‹«

»Ja, ganz richtig: ›Und der Tag brach für ihn an.‹ Paul Éluard hat das Gedicht, glaube ich, 1943 geschrieben. Würde er es heute immer noch so schreiben, wenn er noch lebte? Ich bin mir da nicht sicher. Ich bereue diese Sprechchöre nicht. Es war richtig, dass wir sie aufgeführt haben. Bei der Befreiung hat das geholfen, die Tränen zu trocknen, hat aber neue Tränen nicht verhindert. Weißt du, als ich Schneider war, hatte ich einen Chef, der häufig sagte: ›Tränen sind der einzige Vorrat, der nie ausgeht.‹ Mir war damals nicht bewusst, wie sehr er recht hatte. Siehst du, vorhin bin ich Janine begegnet, die ich ebenfalls lange nicht gesehen hatte. Sie war Donnerstagabend bei der Demonstration in unmittelbarer Nähe der Metrostation Charonne, da, wo es die meisten Toten gegeben hat. Und sie sagte mir, dass sie später, als sie zu Hause war, aus dem Fernsehen erfuhr, was passiert war, und plötzlich wurde ihr bewusst – sie hatte jemandem ihr Baby anvertraut, damit sie demonstrieren gehen konnte –, plötzlich wurde ihr bewusst, dass sie ihr eigenes Kind als Waise hätte hinterlassen können; eine Waise wie sie, die ihre Kindheit in Kinderheimen verbracht hatte, nachdem ihre Eltern deportiert worden waren. Sie war entsetzt bei der Vorstellung, dass sich das mit ihrem eigenen Sohn hätte wiederholen können, dass sie ihm nicht hätte geben können, wovon sie immer geträumt und worum man sie selbst gebracht hatte. Und deshalb ist sie zwar heute wegen Fanny gekommen, sagte aber – und dabei konnte sie kaum die Tränen zurückhalten –, dass sie nie wieder auf eine Demonstration gehen würde, weil sie zu viel Angst hätte.«

Während ich neben Robert ging, musste ich daran denken, dass ich vierzehn gewesen war, als er zweiundzwanzig war, und was mich beim Zuhören überraschte (weil es nicht der Erinnerung entsprach, die ich an ihn hatte) war, dass nicht Wut, sondern Verzweiflung in seiner Stimme lag.

Wir sprachen über unsere Pläne. Ich wusste noch

nicht so recht, was ich machen würde. Er sagte mir, er denke ernsthaft daran, zum Fernsehen zu gehen, weil es ihn immer stärker reize, Dokumentarfilme zu drehen, und das dort am ehesten möglich war. Entschlossen habe er sich schließlich, weil er von dem Projekt einer Adaptation des Buches *Les Guichets du Louvre** für das Kino erfahren habe.

»Was mich an dem Projekt beunruhigt«, erklärte Robert, »ist, wie es angekündigt wird. In der Ankündigung heißt es, im Film solle es um ›die Razzia unter den Israeliten, die zehntausend Opfer unter den Bewohnern der Viertel Temple und Marais gefordert hat‹ gehen. Da haben wir's: im Temple und im Marais! Und in den anderen Vierteln nicht? Um der Razzia zu entgehen, hätte es also genügt, das Viertel zu wechseln? Einfach durch die Durchgänge des Louvre zu gehen und dann auf dem linken Seineufer zu bleiben? Ja, warum sind dann Beck, Bzégowski, Brechner, Moskowitz, all meine Kameraden von der Butte-aux-Cailles verhaftet worden? Was wird da für eine Geschichte vermittelt? Ich weiß nicht, was das für ein Film wird, vielleicht werden die Leute im Kino ergriffen sein, aber ich weiß, dass man sich nie mit der Fiktion begnügen darf. Die Geschichte muss zunächst von denen erzählt werden, die sie erlitten haben, von denen, die sie erlebt haben.«

* Buch von Roger Boussinot (wörtl. Übs.: *Die Durchgänge des Louvre*); die spätere Verfilmung von 1974 trägt den dt. Titel *Die Verfolgten.*

Kurz danach verloren wir uns aus den Augen, als gerade ein heftiger Regen- und Hagelschauer über dem Trauerzug niederging. Aber ich hatte noch Zeit gehabt, ihn zu fragen, ob er wisse, was aus dem »Jules« aus *Jules und Jim* geworden sei. Nein, er wisse es nicht. Er wusste nur, dass er Franz Hessel hieß.

Auf dem Friedhof verließ ich den Zug vor der Mauer der Kommunarden. Dort, zwischen dem kahlen uralten, dicken Kastanienbaum und dem Grab von Jean-Baptiste Clément, dem Verfasser von *Die Zeit der Kirschen*, stand, einen Filzhut mit heruntergelassener Krempe auf dem Kopf, der weißhaarige Mann, der Monsieur Victor täglich seine Zeitung brachte. Wie er so dastand, mit dem gleichen herabhängenden Schnauzbart, dem gleichen Seidenschal, dem gleichen Hut wie Clément, der Sänger und Kommunarde, und die vorbeiziehende Menge betrachtete, wie er so ganz nahe bei denen war, die man begraben würde, war es, als ob die Toten des 8. Februar die Toten der Kommune wiederauferstehen ließen, und er schien jene Zeit zu verkörpern.

Wie selbstverständlich kehrte ich gleich am nächsten Tag in das Bistro in der Impasse Compans zurück.

Der weißhaarige Mann saß am selben Tisch wie neulich und las einen Artikel aus der Zeitung vor.

Chez Victor war kein gewöhnliches Café. Man brauchte sich nur die Gesichter derjenigen anzusehen, denen vorgelesen wurde. Auch wenn viele mechanisch ihre Gläser am Stiel hielten, waren sie nicht aus Durst hergekommen. Sie waren da und hörten mit einer ganz besonderen Aufmerksamkeit zu, als ob sie etwas wiederfänden, was ihnen genommen worden war:

»Die ersten Reihen der Menge erreichten den Friedhof, bevor die letzten Teilnehmer sich jenseits der Place de la République in Bewegung setzen konnten. Seit Jahren hat Paris keinen solchen Zug gesehen. Wie viele Männer und Frauen waren es, die sich in der langsam ansteigenden Avenue de la République drängten und dem Trauerzug der acht am 8. Februar getöteten Demonstranten folgten? Und erst die Blumen! Es war ein Meer. Von Ménilmontant aus gesehen, wirkten die Blumen wie ein marschierender Garten, der langsam die Avenue de la République überflutete. Eines der schönsten und unvergesslichsten Bilder, die Paris jemals jenen geboten hat, die sein Volk lieben. Das Beeindruckendste neben den Blumen ist die Stille. Nicht ein Ruf, nicht ein Geräusch erhebt sich aus der gewaltigen Menge. Kaum hört man auf dem nassen Asphalt die langsamen Schritte der fantastischen Kolonne, die im eisigen Wind und unter Regen- und Hagelschauern ihre Toten zu den Höhen über der Stadt begleitet. Den ganzen Vormittag über wird man nicht einen Polizisten, nicht einen Schutzmann sehen. Und nie gab es einen geordneteren, disziplinierteren Zug. Darin: Grubenarbeiter mit Helm und Lampe. Ehemalige Deportierte, die ihren zwanzig Jahre alten gestreiften Häftlingsanzug angezogen haben. Der Stoff ist verwaschen, verblichen, grau wie der einer alten Fahne. Nach den Blumen werden die Fotos der Opfer nebeneinander hergetragen. Dahinter, allein, das Foto des kleinen Daniel Ferry. Ein Kindergesicht. Er lächelt, und dieses Lächeln rührt alle, die es sehen, zu Tränen. Hinter dem Foto folgt direkt der mit einem weißen Tuch bedeckte Leichenwagen des Kindes.«

Ich war stehen geblieben und beobachtete, an den Türrahmen gelehnt, die Männer und Frauen, die mit ihrer Stille das von dem Verfasser des Artikels beschriebene Schweigen noch zu verlängern schienen.

Was sie hörten, war nicht nur der Bericht des Ereignisses vom Vortag. Vom Fluss der Worte wiederbelebt, trat ein Teil ihrer selbst wieder zutage.

In meiner Nähe saß ein Junge von etwa zwölf Jahren vor einem Granatapfelsirup, an den er nicht zu rühren gewagt hatte. Eine Frau direkt neben ihm rückte ihren Stuhl heran, um ihn an sich zu drücken.

Niemand regte sich, als der weißhaarige Mann, der mit dem Vorlesen des Artikels fertig war, zur Theke ging. Man sah, wie seine Lippen zitterten. Er kündigte einen Auszug aus *L'Enterrement*, *Das Begräbnis* von Victor Hugo an.

»Le tambour bat aux champs et le drapeau
 s'incline,
De la Bastille au pied de la morne colline,

Le peuple a l'arme au bras; le peuple est triste;
il pense;
Et ses grands bataillons font la haie en silence.
Le fils mort et le père aspirant au tombeau
Passent, l'un hier encor vaillant, robuste et beau,
L'autre vieux et cachant les pleurs de son visage;
Et chaque légion les salue au passage.«

(Der Trommler schlägt die Trommel, derweil die Fahn' sich neigt / Von der Bastille am Fuß des öden Hügels, / Im Arme trägt das Volk die Waffe; das Volk ist traurig; es denkt; / Und seine großen Bataillone formieren schweigend das Spalier / Der Vater, nach dem Grabe trachtend, und der tote Sohn / Ziehen vorbei, der eine gestern noch beherzt, kräftig und schön, / Der andre alt, die Tränen im Gesicht verbergend; / Und jedes Bataillon entbietet ihn'n den Gruß.)

Seine Lippen hatten nicht zu zittern aufgehört, aber seine Stimme drang durch den Raum. Hinter dem Mann von heute war der Mann der Kommune zu erkennen, und die Verse waren in einem Ton gesprochen, als fände man die Heimat wieder. Die Worte von Hugo sprachen die Wahrheit aus, und die Anwesenden, die stolz auf ihren Status als Arbeiter waren, fanden sich gerne darin wieder.

Eine Frau mit einem dicken, von einer großen Sicherheitsnadel zusammengehaltenen Wollschal über den Schultern, die von diesen ergreifenden Momenten an ihre Jugend und sicher an ihre Kämpfe erinnert wurde, fing ganz selbstverständlich und ohne ihren Platz zu verlassen an zu singen:

»Quand nous en serons au temps des cerises
Et gai rossignol et merle moqueur
Seront tous en fête …«

(Wenn sie für uns kommt, die Kirschenzeit / und heitere Nachtigall wie spöttische Drossel / in Feststimmung sind …)

Die Männer und Frauen, unter die ich mich nicht zu setzen gewagt hatte, von denen ich dachte, ihre Erinnerungen würden mich ausschließen, zeigten mir Bilder ihrer Vergangenheit, von der sie nicht loskommen würden, wie sie selbst wussten. Das Chanson, das eine Frau angestimmt hatte, brauchten sie sich nicht in Erinnerung zu rufen: Es war ein treuer Begleiter, der sie nie verlassen hatte. Es erfasste den ganzen Saal.

»Moi qui ne crains pas les peines cruelles
Je ne vivrai pas sans souffrir un jour.«

(Ich, der ich keine bitteren Schmerzen fürchte, / Ich werde nicht leben, ohne eines Tages zu leiden.)

Ich habe wieder an *Goldhelm* gedacht, den ich mir nach Roberts Erwähnung noch einmal angesehen hatte. Auf die Melodie hatten Simone Signoret und Serge Reggiani getanzt wie am ersten Tag ihrer Liebe.

Als ich das Bistro von Monsieur Victor verließ, neigte sich der Tag. Eine Straßenlaterne – diesmal eine echte – erhellte den Bouleplatz und ließ das Podium auf Pfählen hervortreten. Etwas abseits vom Gewühl gelegen, hatte das Ausflugslokal eine Zeit lang unter der Woche als Café und Samstagabend für Tanzvergnügungen gedient, zur Belohnung nach einer Woche Arbeit in der Werkstatt. Was hatte sich geändert, dass man nun nicht mehr zum Tanzen hierher kam?

Ich dachte an Laura, was mir hier nicht schwerfiel, als ich hörte: »Das ist ein historischer Moment.«

Dieses Urteil fällte im Vorbeigehen die Dame mit dem Kind, das den Granatapfelsirup getrunken hatte. Worauf spielte sie an, wenn sie diesem Moment eine Zukunft verhieß? Auf den Raum hier, den mein Blick heute erst zu entdecken schien? Auf das, was wir eben miterlebt hatten? Ich antwortete mit der Andeutung eines Lächelns und sah ihr zu, wie sie, ihren Sohn an der Hand, wegging. Sie wusste nicht, wie sehr ihre wenigen, ohne jedes Pathos gesprochenen Worte mich gerührt hatten.

Der Ort und der Moment sollten untrennbar verbunden bleiben.

Als ob dieser Tag mir den Weg wies, fand ich mich, wie dorthin getragen, in der Rue Piat wieder, dort, wo ich vor nunmehr einem Jahr Robert getroffen hatte, als er die *Villa Ottoz* fotografierte. Und diese Fast-Gegenwart schien mir bereits sehr weit weg.

Ich blieb einen Moment an dem Metallgeländer stehen, von wo aus wir schweigend Paris betrachtet hatten, und ließ den Blick über die erleuchteten Schaufenster schweifen, über das Bistro von Nadine neben dem Zugang zur *Villa Faucheur*, ein Stückchen weiter die *Villa Castel*, die im Film von Truffaut zu sehen ist, die Treppen der Rue Vilin, die verwaschene weinrote Fassade des *Repos de la Montagne* und die ockerfarbene Bäckerei, an die das Geländer grenzte und in die ich, entgegen Roberts Empfehlung, nicht an einem frühen Aprilmorgen gegangen bin, aber in die ich jetzt gehen werde, um mir ein Schokoladencroissant zu kaufen.

Mir wurde bewusst, dass die Orte, die ich durchstreift hatte, die ich gesehen hatte, ohne mir die Mühe zu machen, sie genauer zu betrachten, ganz wie die Fotos, die mein Vater aus unserer Wohnung geholt hatte, auf einen Ruf antworteten. Etwas von dem, was mich umgab, konkretisierte sich, nahm Form an. Die Fotografien, die Räume, die sich meiner bemächtigten, die noch keine Erinnerungen waren, aber, wie mir schien, mich ausmachten, würde ich, ohne es bereits zu wissen, vermissen. Auf die Weise entdeckte ich, als ich die Rue Vilin mit ihren ungleichen, weit auseinanderstehenden Pflastersteinen hinunterging, die dazu verleiteten, das Trottoir zu benutzen, die Fensterläden von Madame Rayda.

Es war kurz hinter dem Holz-und-Kohle-Händler am Fuß der Treppe, im Erdgeschoss eines gelben Hauses. Die massiven Fensterläden waren weit geöffnet, und auf dem rechten standen in einer bemüht ordentlichen Handschrift Angaben, die bis dahin noch nie meine Aufmerksamkeit erregt hatten:

Madame
RAYDA
Großes chaldäisches Tarock
Astrologie - Grafologie - Medium
Handlesen - Tintenflecklesen
Hellsehen nach Foto und brieflich
Wiedergewinnung von Zuneigung
Sprechstunde täglich
Von 14 bis 19 Uhr
47 RUE VILIN 47
20. Arrondissement, Paris
Metrostation Couronnes

Darüber die Zeichnung einer weit geöffneten Hand und von drei Spielkarten, unter anderem ein Pikass. Aber seltsamerweise keinerlei Anspielung auf die Zukunft.

8

Ein paar Wochen später ging ich an einem Samstagnachmittag auf den Flohmarkt von Saint-Ouen. Ich schlenderte gern dort herum, eher aus Neugier als weil ich etwas hätte kaufen wollen, dort auf den Trottoirs, wo es mir nie gelang, alles zu sehen, wo alles verkauft wird, wo all die verstreuten Erinnerungen durcheinander herumliegen, sich manchmal voneinander lösen. Ich mochte an dem Ort auch, dass er seiner eigenen Unordnung treu blieb.

Als Erstes ging ich immer ins *La Chope des Puces*, ein Bistro in der Rue des Rosiers, kurz hinter dem Marché Biron, um dort einem Trio von Zigeuner-Gitarristen zuzuhören. Im *La Chope* spielten nicht immer dieselben, aber es war bekannt, dass man dort Samstag und Sonntag Nachmittag jene Form des Jazz hören konnte, deren Erfinder Django Reinhardt war. Es hieß sogar, er habe selbst im *La Chope des Puces* gespielt. Um das zu bezeugen, hing hinten an der Wand hinter Glas eine Gitarre, und ein Schildchen darunter besagte, sie habe ihm gehört. Es hieß auch, dass die Musiker, die jetzt dort spielten, Mitglieder seiner Familie seien. Entfernte Verwandte. Was sicher teilweise stimmte, da ich gelegentlich Babik dort gehört hatte, seinen Sohn, der zwar seinen Vater nicht nachahmte, aber in einem ebenso ausgreifenden Stil mit demselben Gespür für Swing spielte.

An jenem Tag gab es nur einen Gitarristen. Die beiden anderen wurden durch ein Akkordeon ersetzt. Daher spielten die beiden auch eher das, was man »Musette-Jazz« nennt. Natürlich waren die unerlässlichen und immer verlangten *Nuages* und *Minor Swing* darunter, aber auch die von Gus Viseur oder Jo Privat populär gemachten Melodien wie *Manouche Party*.

Eine Stunde später verließ ich das *La Chope*, um Max einen Besuch abzustatten, einem Freund aus der Ferienkolonie, der mit seinem Vater einen Stand direkt gegenüber dem Marché Paul-Bert hatte. Weil es bei ihm nie etwas gab, was ich brauchte, hatte er es aufgegeben, mir etwas verkaufen zu wollen. Wir setzten uns daher immer in alte Sessel, die auf Käufer warteten, und unterhielten uns ein Weilchen. Aber Max war nicht da. Ich begrüßte seinen Vater, von dem ein Foto in Boxerkluft auf einer Dreißigerjahre-Kommode thronte, und ging weiter die Rue Jules-Vallès entlang. Um diese Straße entlangzuziehen, muss man sich Zeit nehmen. Und sich häufig bücken. Denn hier liegen die Glücksfunde der Woche direkt auf dem Boden, auf einem Stück altem Teppich. Ein Kinderspielzeug, ein verrostetes Rasiermesser, ein Hotelaschenbecher, eine Pfanne zum Kastanienrösten, eine amputierte Puppe und andere Gegenstände, deren Herkunft schwer zu erkennen ist, und mittendrin – wo es eigentlich nichts zu suchen hat – bisweilen ein angeblich nirgends mehr zu findendes Buch. Ein Schaulustiger ohne spezielle Kaufabsicht, aber vom Wunsch gedrängt, irgendetwas zu kaufen, wird fragen, was das Buch kosten soll.

Seriöser, nämlich auf fast drei Meter langen, über Böcke gelegten Brettern, lag da eine eindrucksvolle Menge Bilder ausgebreitet, und um sie herum Käufer, diesmal wirkliche, die versuchten, sich nichts entgehen zu lassen, die sich mühten zu retten, was ihrer Ansicht nach verdiente, gerettet zu werden, und die in die mutmaßlichen Schätze eintauchten. Familienfotos auf Papier oder, im Falle der ältesten unter ihnen, auf Karton, Fotos von Filmstars, im Allgemeinen hochformatig mit unten eingedrucktem Namen: Edwige Feuillère, Fernandel, Danielle Darrieux, sowie, sorgfältiger geordnet, in einer Schachtel, ein ganzer Posten von frankierten Postkarten. Zehn Centimes die roten, fünf Centimes die grünen. »Je nachdem, wie viel draufsteht«, erklärt der Händler. »Schöne Grüße aus Nizza kostet fünf Centimes, und zehn, wenn man sein Leben erzählt. Die Unterschrift zählt nicht als Text.« Die Karte, die ich in Händen hielt, beschriftet mit einer in violette Tinte getauchten Feder, war an Monsieur Marouly, Hôtel des Lilas, Avenue Victoria 35, Vichy, Allier, adressiert. Meine anfänglichen Skrupel, mich in den Erinnerungen eines anderen zu ergehen – dabei war die Karte 1916 aufgegeben worden –, wurden von dem Motiv der Karte beiseite gewischt: Paris (11. Arrondissement) – Musik-Cabaret *Bataclan*, Boulevard Voltaire.

Mein lieber Onkel,

ich habe Ihre Karte Mittwochvormittag erhalten. Sie waren der Erste, der mich in Paris willkommen hieß, und dafür danke ich Ihnen. Ihre Karte ist hübsch, aber das Porträt meines künftigen Schwiegervaters lässt mich nichts Gutes ahnen. Wenn der Sohn nach demselben Muster gestrickt ist, soll er von mir aus lieber in Vichy bleiben. Ich will keinen derart hässlichen Mann, und Sie selbst wären nicht beglückt, eine Vogelscheuche zum Neffen zu haben.

Papa, Mama und Großpapa senden Ihnen herzlichste Grüße. Ich selbst umarme sie sehr fest. Ihre Nichte, die Sie liebt,

Laurence

Aber mehr noch als die originelle Botschaft, die mehrmals auf die Bildseite der Postkarte hinüberlief, weckte die Abbildung eines Paris der ersten Vorkriegszeit mein Interesse.

Ich fand ein paar Karten aus meinem Viertel, die ich sorgfältig zur Seite legte: die Rue Oberkampf von der Rue Amelot aus gesehen, Schulschluss in den Schulen der Rue Saint-Sébastien, wo Alex und ich eingeschult worden waren, eine Ansicht der Rue d'Angoulême, der heutigen Rue Jean-Pierre-Timbaud, der Ausgang der

Metrostation République; dann quoll aus der Dichte der ausgebreiteten Dokumente eine ganze Serie von Filmfotos – fast eine Sammlung – hervor, und sofort begannen mehrere Hände fiebrig darin zu wühlen.

Die Spuren von Reißzwecken an den vier Ecken der Fotos, die darauf hinwiesen, dass sie mehrmals in den Schaukästen der Kinos gedient hatten, erinnerten mich an das Bild von Jean-Pierre Léaud, wie er in François Truffauts Film *Sie küssten und sie schlugen ihn* ein Szenenfoto eines Bergman-Films entwendet.

Es war mir gerade gelungen, in Gedanken an Alex aus den angebotenen cineastischen Fragmenten zwei Fotos der Marx Brothers zu ziehen, Harpo, Chico und Groucho in *Die Marx Brothers im Zirkus*, und Harpo in *Die Marx Brothers in der Oper*, als mir eine Frauenhand ein weiteres Foto von Harpo hinhielt, auf dem er mit einem Buchhalter-Augenschirm ausstaffiert Schreibmaschine schrieb, und ich hörte: »Die hier dürfte Sie auch interessieren.« Ich dankte der Person mit einem Lächeln und stellte mir bereits die Freude von Alex vor, der Harpo gegenüber eine Liebe hegte, die an Ehrfurcht grenzte.

Sobald ich Alex für groß genug gehalten hatte, Untertitel zu lesen, hatte ich ihn mit ins Kino in einen Film der Marx Brothers genommen. Da muss er sieben oder acht gewesen sein. Es war *Die Marx Brothers im Kaufhaus*, und er war derart hingerissen gewesen, auf einer Leinwand drei Männer all das veranstalten zu sehen, was er selbst gerne im Leben gemacht hätte, dass er Harpo zu seinem geistigen Vorbild erkor. Aber das wurde mir erst nach und nach bewusst.

Da sein Geburtstag bevorstand, hatte er abends bei Tisch gesagt, er wünsche sich als Geschenk, zusätzlich zu den Rollschuhen, einen Regenmantel, so wie Harpo einen trug, mit sehr tiefen Taschen. Und er hatte hinzugefügt: »Später, wenn ich groß bin, wäre ich gerne stummer Schauspieler.« Die erste Reaktion kam von Bobe:

»Stummer Schauspieler? Das ist ja was Neues. Fällt dir nichts anderes ein? Einfach stummer Schauspieler? Und wenn du damit anfangen würdest, im Leben stumm zu sein, glaubst du nicht, das wäre schlauer? Glaubst du, man kann einfach so stumm sein? Einfach, indem man ins Kino geht?«

Für Bobes Reaktion gab es mindestens zwei Erklärungen.

Da sie bei ihrer Ankunft in Frankreich unmittelbar vor dem Krieg fast fünfzig war, hatte sie beschlossen, es sei zu spät, eine neue Sprache zu lernen, und redete daher immer Jiddisch mit uns. Was dazu führte, dass Alex und ich Jiddisch verstanden, ohne es zu sprechen, und es für Bobe genau umgekehrt war: Da wir ihr auf Französisch antworteten, verstand sie es schließlich, ohne es zu sprechen. Beim Lesen war es das Gleiche. Was sie in der Zeitung las, konnte sie nur verstehen, wenn sie es laut las. Deshalb hatte sie eines Tages, als sie auf Bitten meiner Mutter mit Alex ins Kino gegangen war, um einen Western zu sehen, und an einen Film in Originalfassung geraten war, unwillkürlich die Untertitel genau wie bei der Zeitung laut gelesen. So waren die Zuschauer in den seltsamen Genuss gekommen, alle Dialoge von John Wayne mit jiddischem Akzent zu hören. Man kann sich vorstellen, in welchem Zustand von Wut und Scham Alex nach Hause gekommen war und geschworen hatte, das sei nun wirklich das letzte Mal, dass er in Begleitung von Bobe einen Fuß in ein Kino gesetzt habe.

Während der deutschen Besatzung wurde beschlossen, dass sie stumm sein sollte. Da jedes Wort, das aus ihrem Mund drang, den gelben Stern trug, war sie zum Schweigen gezwungen, sobald sie das Haus verließ. Was nicht unproblematisch war, wie man mir später erzählte. Sie brachte mich häufig in den Parc Montsouris, nicht weit von Gentilly, wo wir versteckt waren, und da sie mich nicht rufen durfte, war sie gezwungen, mir hinterherzurennen, sobald ich mich nur ein bisschen entfernte. Es gibt keine offiziellen Statistiken, nach denen man die plötzliche Zunahme von Stummen in der Gruppe der frisch aus Osteuropa eingewanderten, im Allgemeinen jüdischen Emigranten ermitteln könnte, die nach der Befreiung 1944 – soweit sie überlebten – auf wundersame Weise die Gabe des Sprechens wiedergefunden haben. Das ist schade, denn sehr viel später habe ich erfahren, dass viele dieses Gebrechen nutzten.

Meine Mutter hat mir erzählt, dass meine Großmutter, die ich hartnäckig Bobe nannte – ich war kaum älter als zwei –, deshalb schnell von einer anderen Großmutter erkannt wurde, die dieselbe Tarnung nutzte.

Begnügten sie sich anfangs damit, sich mit einem leichten Nicken zu grüßen, so erfanden sie bald eine Reihe von Gebärden, die es ihnen erlaubten, sich besser zu unterhalten, und ich habe mich seitdem häufig gefragt, was ein echter Taubstummer, hätte er zufällig ihren Weg gekreuzt, wohl von dieser neuen Gebärdensprache verstanden hätte.

Und gerade weil meine Großmutter glaubte, die Rolle einer Tauben in Vollendung gespielt zu haben, äußerte sie hinsichtlich des künstlerischen Vorhabens von Alex größte Bedenken.

Der andere Grund, der die Beziehung zwischen Bobe und Alex erschwerte und Mama so großen Kummer bereitete, war quälender.

In Bobes Augen hatte ich zwangsläufig alle guten Eigenschaften, da sie der Meinung war, sie sei es gewesen, die seit meiner frühesten Kindheit meine Erziehung übernommen hatte. Außerdem fand sie, es ginge uns trotz des fehlenden Vaters im Hause allen dreien, ihr, meiner Mutter und mir, in unserer Wohnung in der Cité Crussol eigentlich sehr gut.

Das wirkliche Problem für Bobe war das Wiederauftauchen von Leizer. Leizer war für sie derjenige geblieben, der vor allen Gästen die Hochzeit ihrer Tochter besudelt hatte – und jetzt nahm er den verwaisten Platz ein. Er war der Eindringling, der Usurpator, derjenige, der die Macht übernehmen würde.

Aber Leizer war nichts von alledem. Er war nach dem Krieg allein geblieben und zu der Frau, die er nie zu lieben aufgehört hatte, hatte er einfach eine Familie gefunden, wofür er dem Himmel dankbar war.

Vor allem aber empfand Bobe die bevorstehende Geburt von Alex als Drohung. Schon bei Leizers Einzug war das Klappbett, in dem ich schlief und das abends aufgeklappt und morgens wieder zusammengeklappt wurde, in das kleine Zimmer geräumt worden, das meiner Großmutter als Schlafzimmer diente. Was sie dazu zwang, sich – ohne dass sie sich je darüber beklagt hätte – im Dunkeln auszuziehen. Meine Mutter wusste sehr gut, was diese Geburt bedeutete, und diese Sorge beschäftigte sie zunehmend. Da unsere Wohnung wirklich zu klein wurde, musste unbedingt ein Zimmer in der Nachbarschaft gefunden werden, in dem Bobe schlafen konnte. Und was für sie zunächst nur das Ende einer friedlichen Zeit gewesen war, wurde immer mehr zu richtiggehender Angst.

Die Diskussion über die Umzugspläne, die meine Mutter so fürchtete, brach schließlich aus.

»Hast du mich aus Polen kommen lassen, nur um mich vor die Tür zu setzen? Alles habe ich deinetwegen verlassen: meine Freunde, mein Haus, das Grab deines armen Vaters. Wäre ich dort geblieben, hätte ich wenigstens sein Grab besuchen können, um mit ihm zu reden. Wer besucht jetzt sein Grab, um mit ihm zu reden? Die Polen? Die Polen haben selbst zu seinen Lebzeiten nicht mit ihm geredet.«

»Aber Mama, was erzählst du mir von Polen? Es gibt keine Juden mehr in Polen! Glaubst du, da gibt es noch Juden, die sich an dich erinnern? Glaubst du, in Przytyk gibt es noch eine einzige Jüdin, die eine andere fragen könnte: Haben Sie etwas von Madame Horovitz gehört? Die Juden sind alle in den Lagern gestorben! Sie sind alle in Rauch aufgegangen! Selbst die Gräber der jüdischen Friedhöfe sind verwüstet worden!«

»Ist Frankreich etwa besser? Yankel hat Frankreich sehen wollen, und was hat er gesehen von Frankreich? Keine Zeit hat er gehabt, irgendwas zu sehen. Gerade die Zeit, ein Kind zu machen, Gott segne es, und gleich danach ist er auch aufgegangen in Rauch. Er hat sich Jacques genannt, und was hat es ihm genutzt? War es das wert, alles zu verlassen, um in ein Land zu gehen, in dem man niemanden kennt?«

»Ja, Yankel ist nicht mehr da, aber hier lebst du wenigstens, du hast eine Tochter, hast einen Enkel und bald noch einen zweiten. Und außerdem setzt niemand dich vor die Tür. Es wird weiter bleiben wie jetzt, du wirst weiter mittags und abends mit uns bei Tisch sitzen. Es geht nur um das Schlafen nachts. Und außerdem hast du so mehr Ruhe. Ich habe die Hausmeisterin schon gebeten, etwas in der Nachbarschaft zu finden.

Auf die Weise kann dich Bernard sogar besuchen, ohne die Cité zu verlassen.«

»Ist denn etwa alles schon erledigt und organisiert? Das Kind ist noch nicht da, und schon soll ich gehen?«

In diesem Klima der Sorge kam Mama mit Alex im Arm aus dem Hôpital Rothschild. Obwohl die Hausmeisterin der Cité Crussol gegen eine Belohnung im benachbarten Gebäude bereits eine kleine Wohnung mit Küche gefunden hatte, hatte Mama Bobe gebeten, noch dazubleiben, um sie zu empfangen, und das war richtig von ihr gewesen. So ergriff wider jede Erwartung meine Großmutter kurze Zeit später von sich aus und auf ganz natürliche Weise die Initiative, in ihre kleine Wohnung zu ziehen. »Da ich nachts sowieso nicht schlafe«, hatte sie gesagt, »kann ich dafür auch gut zu Hause bleiben.« Sie hatte »zu Hause« gesagt, alles war bestens. Am Ende ging sie sogar noch weiterhin zum Schlafen in ihre Wohnung, nachdem Leizer Opfer des Flugzeugabsturzes geworden war, der achtundvierzig Menschen das Leben kostete. Was Alex nicht daran hinderte, zu seiner Großmutter eine komplizierte Beziehung zu haben.

Wenn Alex in dem Alter, das man heute »Pipi-Kacka-Phase« nennt, ein paar Freunde zu Besuch hatte, bogen sie sich vor Lachen, sobald einer von ihnen »Kacka«, ein anderer »Pimmel« und ein dritter »Pupsen« sagte. Waren sie bei »Arschloch«, so wälzten sie sich schon auf dem Teppich und hielten sich den Bauch. Mit »dicke

Möpse« waren sie am Rand der Krämpfe. Und so weiter, bis sie am Ende ihrer Kenntnisse angelangt waren.

Einige Zeit nachdem sie diese Phase hinter sich gelassen hatten, fragte Alex mich, ob ich auch über solche Scherze gelacht hätte, als ich klein war.

»Ja, sicher, wie alle Kinder.«

»Und Mama hat nichts gesagt?«

»Nein, ich erinnere mich nicht, dass sie etwas gesagt hätte. Sie wird sich gedacht haben, das würde vorübergehen, genau wie es dann bei dir vorübergegangen ist.«

»Und Bobe hat dir auch nichts gesagt?«

»Bobe auch nicht.«

»Mir hat sie immer gesagt, das wäre schmutzig. Was hast du ihr denn für Sachen gesagt?«

»Was ich gesagt habe? ... Ich weiß nicht mehr, was wir gesagt haben.«

»Doch, bestimmt, was hast du gesagt? Erinnerst du dich nicht?«

»Nein, ich sag es doch, ich erinnere mich nicht. Ach doch: ›Tauschst du mir um?‹«

»Was?«

»›Meinen Arsch in Rum.‹«

Alex hatte keine Geduld abzuwarten, bis er mit einem seiner Freunde zusammen war, um die Wirkung des gereimten Ulks auszuprobieren. Einstweilen war nur Bobe verfügbar, die im Esszimmer Strümpfe stopfte. Sie war nicht die beste Wahl.

»Bobe«, hörte ich ihn sagen, »tauschst du mir um?«

»Was?«

»Den Arsch von Bernard in Rum.«

Dann das Geräusch einer Ohrfeige und die Rückkehr von Alex, dem Tränen die Wangen herunterrannen.

Mehrere Jahre vergingen, bevor ich Alex' wahren Kummer begriff. Die Geschichte vom »Arsch von Bernard in Rum«, die mich zunächst belustigt hatte, erschütterte mich jetzt. Nicht Bobes Ohrfeige hatte Alex in Tränen ausbrechen lassen, sondern der Umstand, dass er sie erhielt, ohne zu begreifen, warum. Was hatte er Böses getan? Er hatte doch nur wiederholt, was ich ihm gesagt hatte. Und deshalb war er geohrfeigt worden?

Ungefähr während dieser Phase des Unverständnisses hatte ich übermäßig und dumm mit seiner Unschuld gespielt. Er hatte mich gefragt, warum er immer den Eindruck habe, dass mein Vater auf dem Foto, das auf der Anrichte stand, ihn beobachte – ganz egal, wo er sich im Esszimmer befand. Und er wollte wissen, ob mein Vater ihn weiter beobachtete, auch wenn er selbst ihn nicht ansah.

»Schauen wir uns das mal an. Dreh dich um, ich werd's dir sagen.«

Alex, der grenzenloses Vertrauen in mich hatte, drehte sich sofort um.

»Ja, selbst wenn du ihn nicht ansiehst, beobachtet er dich weiter.«

»Ach ja? Und beobachtet er dich auch, wenn du ihn nicht beobachtest?«, fragte Alex.

»Das werden wir uns auch ansehen. Ich drehe mich um, und du sagst mir, ob er mich beobachtet.«

»Nein, er beobachtet weiter nur mich«, sagte Alex, sobald ich mich umgedreht hatte.

»Ich glaube, das heißt, dass er dich überwacht, um zu sehen, ob du auch keine Dummheiten machst.«

Angesichts der Miene, die Alex plötzlich zog, und um zu vermeiden, dass er gleich auf Mamas Schoß flennen würde, beeilte ich mich, ihn zu trösten, und sagte ihm, dass nur ich von dem Foto beobachtet worden sei, als er sich umgedreht hatte. Und ich erklärte ihm, das sei immer so. Wenn eine Person in dem Moment, in dem sie fotografiert wird, den Fotografen ansieht, so bemerkt man jedes Mal dasselbe Phänomen. Ich nahm sogar das Larousse-Lexikon, um es zu beweisen. Fast auf jeder Seite gab es eine berühmte Persönlichkeit, die uns beobachtete. Er war beruhigt. Mir blieb das Schuldgefühl. Es hat sich in meinen Erinnerungen festgesetzt.

Für Alex war Mama vielleicht noch mehr als für mich der unentbehrlichste Teil der Familie. Sie schützte und beruhigte ihn. Sie war immer da, und er konnte sich nicht vorstellen, dass es anders sein könnte. Die Männer waren nur vorübergehend da gewesen. Von ihnen sprach man nur von Zeit zu Zeit. Alex sagte »dein Vater«, wenn er von meinem sprach, während ich seinen Leizer nannte. Und der Umstand, dass wir nicht denselben Namen trugen, war kein sonderliches Problem. Eines Tages hatte ich es sogar lustig gefunden, als ich beim Nachhausekommen auf einen ziemlich entnervten Alex am Telefon gestoßen war, der beinahe schrie: »Nein, nicht Chigelman! Zygelman! mit einem Z wie Zorro!« und aufgelegt hatte.

»Wer war das?«

»Ein Idiot!«

Mehr habe ich als Antwort nicht erhalten, aber seitdem hatte Alex, wie um seine Identität zu bekräftigen, begonnen, auf die eigentümlichste Art und Weise mit seinem Nachnamen zu jonglieren. So verwendete er als Referenz – anstatt seinen Namen wie üblich mit gängigen Vornamen zu buchstabieren – Städtenamen, und zwar vorzugsweise von ausländischen Städten. Und ich versuchte, mir das Gesicht seines Gesprächspartners vorzustellen, als ich Alex eines Tages wie selbstverständlich sagen hörte: »Zygelman. Ich buchstabiere: Z wie Zagorsk, Y wie Yalta, G wie Gorlovka, E wie Engels, L wie Leningrad, M wie Moskau, A wie Archangelsk, N wie Nowosibirsk.« Manchmal wechselte er das Land. Wieder ein andermal vermischte er spielerisch und mit großem Vergnügen die Genres, sodass das Z von Zigoto neben dem Y von Yoghurt und dem G von Granatapfelsirup stand.

Bis zu dem Tag, an dem er – allem Anschein nach von etwas befreit, das vielleicht eine Angst war – damit aufhörte.

Durch das Erzählen über Alex kamen, ohne dass ich sie gerufen hätte, ganze Wellen von Erinnerungen über mich, deren Bedeutung ich gar nicht ermessen konnte.

Aufgrund seiner unerschöpflichen Energie, seiner raschen Auffassungsgabe und seiner Schlagfertigkeit – seine sprachlichen Purzelbäume machten ihn zu einem sprechenden Harpo – hatten wir lange gedacht, er habe sich damit ein besonders wirksames Verteidigungssystem zugelegt. Ich glaube, wir hatten unrecht. Und wenn Bobe sagte: »Alex ist kein Kind wie die anderen«, ärgerte Mama sich über sie. Und doch hatte Bobe, wenn sie manchmal auch böswillig war, nicht ganz unrecht.

An dem Tag, an dem Alex wütend mit einem Aufsatz von der Schule nach Hause gekommen war, für den er eine sehr gute Note bekommen hatte, hatten wir zum ersten Mal – und meine Mutter noch viel stärker als ich – den hartnäckigen Eindruck, er habe mit dieser Schulaufgabe etwas sagen wollen, was er nicht anders ausdrücken konnte, worin wir aber so etwas wie den Widerschein einer Verwirrung erkennen konnten.

In dem Aufsatz mit der Aufgabenstellung »Erzählt eine erstaunliche Geschichte« hatte Alex berichtet, er habe die Geschichte von einem Mann gelesen, der in tiefem Koma gelegen habe und im Krankenhaus ohne jede Aussicht auf Überleben am Leben gehalten wurde. Nach einem Jahr war er wider jede Erwartung aus dem Koma erwacht und hatte gefragt, welcher Tag sei.

»Dienstag«, antwortete die Krankenschwester, bevor sie noch Zeit hatte, den diensthabenden Arzt über das unglaubliche plötzliche Erwachen zu informieren.

»Dann habe ich also vier Tage geschlafen?«, fragte der Mann erstaunt.

»Das ist nicht ganz richtig«, erwiderte die Krankenschwester. »Ein Jahr und vier Tage.«

Da war der Mann blass geworden, hatte große Augen gemacht und sie dann für immer geschlossen. Die Nachricht hatte ihn umgebracht. Alex hatte seinen Aufsatz mit den Worten beendet, die Krankenschwester sei seine Mutter, und nach dem Tod des Mannes sei sie wegen ihres Fehlers aus dem Krankenhaus geworfen worden und seitdem arbeitslos. Das sei der Grund, weshalb er, da sie seitdem sparen müssten, das erforderliche Schulmaterial nicht habe kaufen können.

Die Lehrerin war gerührt, hatte großes Mitleid und ein schlechtes Gewissen, weil sie ihn bestraft hatte, und wollte es wiedergutmachen, indem sie ihm die beste Note der Klasse gab.

»Ich wusste nicht, dass deine Mama Krankenschwester ist«, hatte die Lehrerin gesagt, als sie ihn nach vorne rief, um ihm seine Arbeit zurückzugeben.

»Sie ist nicht Krankenschwester«, hat Alex vor der ganzen Klasse gesagt. »Sie ist Verkäuferin in einem Juweliergeschäft.«

»Wie, sie ist Verkäuferin in einem Juweliergeschäft, ist deine Geschichte etwa nicht wahr?«

»Aber nein, Madame, sie ist nicht wahr.«

»Ja, warum hast du dann so eine Geschichte erfunden?«

»Aber das waren doch Sie, Madame. Sie haben uns gesagt, wir sollten eine Geschichte erfinden, die wirkt, als sei sie wahr.«

»Aber deswegen musstest du doch nicht sagen, dass deine Mutter arbeitslos ist, und vor allem mir nicht weismachen, dass du deswegen die Schulsachen nicht gekauft hast. Wirklich, es tut mir leid, dass ich dir eine so gute Note gegeben habe.«

Während Alex uns die Geschichte von dem Aufsatz erzählte, war seine Wut abgeklungen; jetzt hatte er Mühe, die Tränen zurückzuhalten. Als die Lehrerin ihm gesagt hatte, er habe die beste Note der Klasse bekommen, und darauf bestand, seinen Text vor allen Schülern vorzulesen, war er so stolz gewesen, dass die Demütigung nur umso stärker wirkte, sagte er. »Selbst bei einer schlechten Note hatte sie kein Recht, mich zu demütigen. Warum dann also bei einer guten Note?« Er war so unglücklich, dass Mama, die sicher dasselbe dachte wie ich, es nicht wagte, ihn zu fragen, was er mit dem Geld gemacht hatte. Aber da war noch mehr: Den Text hatte er nicht einfach so, grundlos geschrieben. Und schon gar nicht, um das auf andere Weise ausgegebene Geld zu rechtfertigen. Warum hatte er Mama in diese Geschichte verwickelt und zunächst den Glauben erweckt, sie sei arbeitslos? Um das Mitleid der Lehrerin zu wecken? Warum hatte er dann das Gegenteil gesagt, sobald er die gute Note erhielt? Hatte ihn, ohne dass ihm das vollständig bewusst war, das Bedürfnis geleitet, gehört zu werden?

Zu viele Fragen hinderten mich daran, das, was wir als ein Aufflackern empfunden hatten, genauer zu ergründen, und außerdem erinnerte ich mich, auch wenn das die Fragen nicht ausräumte – und obwohl ich mir sagte, es sei vielleicht nicht der beste Moment, sich daran zu erinnern –, an etwas, das er eines Abends bei Tisch gesagt hatte und das uns alle zum Lachen gebracht hatte: »Ich würde gern intelligente Dinge schreiben. So intelligent, dass ich später beim Lesen nicht verstehen würde, was ich geschrieben habe.«

Die Geschichten mit und von Alex strömten weiter zusammen, als wollten sie sich versammeln. Ganz besonders solche, in denen auch Bobe vorkam. Angesichts seiner Eigenarten begnügte sie sich im Allgemeinen damit, zum Zeichen des Missfallens die Augen zu verdrehen, auch wenn sie nicht selbst betroffen war. Ab und zu drohte sie ihm noch mit einer Ohrfeige. Eine Drohung, die sie schnell wieder vergaß. Oder besser, die sie zu vergessen beschloss. Bis auf ein Mal.

Da Mama Alex nicht allein zu Hause lassen wollte, hatte sie eines Abends, an dem sie bei der Chorprobe war – einen Abend in der Woche probte sie mit dem jüdischen Chor von Paris – und ich ebenfalls nicht zu Hause war, Bobe gebeten, bis zu ihrer Rückkehr bei Alex zu bleiben.

Kaum war das Abendessen verdrückt, hatte Alex den Fernseher anmachen wollen. Da Bobe wusste, dass Mama nicht wollte, dass er abends fernsah, wenn er am nächsten Morgen Unterricht hatte, hatte sie sich energisch widersetzt. Nun liebte Alex aber Fußball, und an dem Abend gab es die Direktübertragung eines Spiels zwischen Juventus Turin – einem Verein, den er bedingungslos verehrte – und ich weiß nicht mehr welchem französischen Club. Angesichts seiner Hartnäckigkeit hatte Bobe ihn gefragt, was es denn so besonders Interessantes im Fernsehen gebe, dass er sich derart darauf versteife.

»Juve.«

»Jude? Welcher Jude? Was macht der im Fernsehen, der Jude?«

»Na, Fußball.«

Diese »Unverschämtheit« von Alex war mehr, als Bobe ertragen konnte, und genau wie im Fall des »Arschs von Bernard in Rum« kam prompt die Ohrfeige.

Alex konnte es nicht fassen.

Natürlich hatte er gehört, dass Bobe »Jude« gesagt hatte, aber da er dies auf ihren jiddischen Akzent schob, hatte er es nicht weiter beachtet. Dass er nicht fernsehen durfte, weil am nächsten Tag Schule war – darüber wäre er bei allem Schmerz hinweggekommen. Was er aber auch diesmal nicht begreifen konnte, war die Ohrfeige als einzige Antwort. Und auch diesmal kamen die Tränen nicht aus dem Schmerz, sondern aus dem Gefühl der Ungerechtigkeit. Noch lange bewahrte er die Narbe der unverständlichen Ohrfeige, die auf die erste verwies, und die Verletzung war ihm unbegreiflich. Später im Bett versuchte er nur, Trost zu finden, und verschob die Hoffnung auf eine Erklärung auf später; als Mama zurückkehrte, flossen seine Tränen daher nur noch stärker.

Irgendetwas in ihm war nicht mehr zum Schweigen zu bringen. Es drängte ihn, zurückzuschlagen, und weil er die direkte Konfrontation vermeiden musste, aus der er, wie er wusste, nicht als Sieger hervorgehen würde, musste er sich auf andere Weise rächen. Andere Talente nutzen. Die des Vergnügens, des Spaßes. Sicher war das der Grund, warum Alex wenige Tage später, als wir alle vier, Mama, Bobe, er und ich, in aller Ruhe bei Tisch saßen und die Tränen für vergessen hielten, ohne jeden Zusammenhang mit dem Gespräch fragte:

»Bobe, wie sagt man ›Rue des Hospitalières-Saint-Gervais‹ auf Jiddisch?«

9

DIE JUNGE FRAU, die auf dem Flohmarkt von Saint-Ouen das Foto von Harpo Marx für mich gefunden hatte, hieß Odile. Als wir in der Brasserie *Paul-Bert* vor einer Portion Pommes frites saßen, die wir mit den Fingern aßen, erzählte sie mir, sie sei Dokumentarin. Sie war auf den Flohmarkt gekommen, um eine ganze Serie der Beilage des *Petit Journal* abzuholen, die ein Händler für sie beiseitegelegt hatte.

Obwohl sie bereits die Zeitungen schleppte, war sie von der beeindruckenden Menge an Fotos angezogen worden, in der wir schon zu mehreren wühlten, und war stehen geblieben, was sich als richtig erwiesen hatte. Nicht nur wegen des Fotos von Harpo, das sie mir vor die Augen hielt, sondern weil sie auf zwei andere Fotos gestoßen war, eines fast eine Rarität: eine Postkarte aus den ersten Jahren des Jahrhunderts, die das Militärgefängnis Cherche-Midi zeigte. Von diesem Gefängnis, das später abgerissen und durch ein Gebäude ersetzt wurde, das die künftige Maison des Sciences de l'Homme aufnehmen sollte, hatte sie für die Veröffentlichung eines Buches über die Geschichte des Gebäudes so viele Fotos und Unterlagen wie möglich ausfindig machen sollen. Dort, im Militärgefängnis Cherche-Midi, sei Hauptmann Dreyfus, zu Unrecht des Verrats beschuldigt, inhaftiert gewesen, erklärte Odile.

Den vorbeikommenden Kellner bat sie um ein paar Papierservietten, um sich die Finger abzuwischen. Ich sah ihr über die Schulter. Max war immer noch nicht da, sein Vater saß auf einem seiner alten Sessel und beugte sich konzentriert über einen niedrigen Tisch, auf dem eine Zeitung ausgebreitet war. Mit einem Stift, dessen Mine er regelmäßig mit der Zunge befeuchtete, schien er gewissenhaft etwas anzukreuzen oder zu unterstreichen, mit Sicherheit die Namen der Pferde, die am nächsten Tag bei den Rennen in Vincennes liefen.

Als der Kellner abgeräumt hatte, zeigte Odile mir ein paar Exemplare des *Petit Journal*, das seinen Lesern jeden Sonntag mit einer ganzseitigen farbigen Zeichnung auf dem Titelblatt ein aktuelles Ereignis vorstellte.

Vor meinen Augen zogen »Die Degradierung von Alfred Dreyfus« mit einem behelmten Kürassier, der den Säbel des Hauptmanns über seinem Knie zerbricht, »Hauptmann Dreyfus vor dem Kriegsrat«, »Die Zola-Affäre« und – das Kostbarste für Odile – die Ausgabe vom 20. Januar 1895 mit der Unterschrift »Alfred Dreyfus im Gefängnis« vorbei, auf deren Titelblatt Dreyfus in Zivil dargestellt war, sichtbar verzweifelt, wie er sich gegen eine der Wände seiner Zelle lehnt, während ein Wärter ihm von hinten ein Essgeschirr und einen Brotkanten durch die Klappe reicht.

»In diesem Gefängnis ließ man ihn fast drei Monate warten, bevor seine Frau ihn besuchen durfte«, sagte Odile. »Zum Glück war Forzinetti, der Offizier, der das Cherche-Midi-Gefängnis leitete und Dreyfus täglich sah, von dessen Unschuld überzeugt. Er war der Erste, der das sagte. Er hat es sogar Lucie Dreyfus geschrieben, woraufhin man ihn zwang, die Armee zu verlassen.«

Das andere Foto, das Odile gefunden hatte, war keine Postkarte, sondern ein Abzug auf dickem Karton, wie sie zu Anfang des Jahrhunderts häufig gemacht wurden: Von berühmten Fotografen aufgenommen, zeigten sie im Allgemeinen Persönlichkeiten aus der Welt der Politik, der Literatur oder der Kunst. Was ich in der Hand hielt, war das Porträt eines Militärs. Des Oberstleutnants Georges Picquart. Auf der Rückseite des Fotos war sorgfältig der Name des Fotografen notiert: A. Gerschel, Boulevard Saint-Martin 17.

»Boulevard Saint-Martin? Da, wo das Schuhgeschäft André ist?«

»Ich weiß nicht, ob da jetzt das Schuhgeschäft André ist«, erwiderte Odile erstaunt. »Warum? Kennen Sie das Haus Boulevard Saint-Martin 17?«

»Ich kenne den Boulevard Saint-Martin auswendig.«

»Auswendig? Wie, auswendig?«

»So:

In der 1, *Caveau de la République.*

In der 3, Schuhgeschäft Bally, Juwelier Caraud.

In der 5, Bar *Le Bouquet de la République.*

In der 7, Schneiderei.

In der 9, Wilson-Schuhe, Café-Tabac.

In der 11, Radio- und Fernsehgeschäft, Juwelier *La Croix rose.*

In der 13, Schuhlieferant, Parfümerie *Galeries Saint-Martin.*

In der 15, *Aux Abeilles d'or*, Juwelier und Uhrmacher, *Le Record du rire*, Scherzartikel und Festbedarf.

In der 17, Schuhgeschäft André, Daniel Legrand, Künstliche Blumen.

In der 19, Damenhüte, Schmuck.

In der 21, Druckerei.

In der 23, Bar *Deboucheron*, Schneiderei Marcel.

In der 25, *Horlogerie française*, Apotheke Homöopathie Peuvrier.«

Auch wenn ich gerade das Gegenteil unter Beweis stellte, hätte ich nicht gedacht, dass mir all die Geschäftsnamen, die ich mich aufsagen hörte – so lange nachdem ich sie häufig angesehen, gelesen, gehört hatte –, noch derart präsent waren. Angesichts dieses Aufbrandens hatte Odile beinahe die Augen aufgerissen. Sie hatte die Hand vor dem Mund, wie um mich nicht zu unterbrechen und mir zu ermöglichen, weiterzumachen.

Ich beschloss, es konsequent durchzuziehen.

»In der 27, *Koh-I-Nor*, Schmuckgeschäft, Thomas Fahrräder und Reparaturen.

In der 29, Schmuck und Parfüm.

In der 31, Buchhandlung und Schreibwaren.

In der 31a, Schmuckgeschäft Godechot.

In der 33, *Le Coucou* Künstlerbar, *Ambiance* Möbelgeschäft.

In der 35, *Aux Mines d'écumes*, Pfeifen und Raucherbedarf, Schneiderei Tobias, Optikergeschäft.

In der 37, Restaurant *Caillet*, Kino *Kinérama.*

In der 39, Café-Bar *Bar-Yton*, Schmuckgeschäft *Comptoir des Grands Boulevards.* Buchhandlung *Le Bon Livre.*

In der 41, Postfiliale.

In der 43, Fotograf Vauguier.

In der 45, Café *La Riviera*, Gebrüder Rand.

In der 47, Restaurant.

In der 49, Schmuckgeschäft *À la Renaissance.*

In der 51, Schneiderei Robero, *La Stéréoscopie Universelle.*

In der 53, Tabak und Wein, Apotheke,

und in der 55, uff!, Café *La Croix de Malte.* Danach kommt die Rue Saint-Martin.«

»Ich bin genauso erschöpft wie Sie«, rief Odile lachend. »Ich hatte den Eindruck, ich würde an Ihrer Seite den ganzen Boulevard entlanglaufen. Ich habe fast vergessen zu atmen. Aber das ist ja unglaublich, was Sie da gemacht haben! Ich fasse es nicht.«

Und sie rief den Kellner, um etwas zu trinken für uns zu bestellen.

Keine Woche später hat Odile mir einen Brief geschickt. Sie setzte das Gespräch fort, das wir in der Brasserie *Paul-Bert* geführt hatten und in dem ich schließlich doch noch erklären musste, was es mit dem »Spiel der Großen Boulevards« auf sich hatte, das wir sonntags immer mit Leizer gespielt hatten. Ich habe wenig dazu gesagt. Etwas hielt mich zurück. Und außerdem wollte ich von Odile erfahren, was es bedeutet, Dokumentarin zu sein. Worin diese Arbeit genau besteht. Wie man das lernt. Da ihr das ein bisschen kompliziert zu erklären schien, hatte sie mir eine Definition gegeben, wie ich sie in ähnlicher Form sicher in jedem Wörterbuch hätte finden können: dass ein Dokumentar oder eine Dokumentarin jemand sei, der Schriftstücke und andere Unterlagen suche, manchmal finde und dann ordne – in Hinblick auf eine Veröffentlichung oder für eine öffentliche Einrichtung. Nach dem Studium der Sprach- und Literaturwissenschaft sei sie auf das Nationale Institut für Dokumentationstechniken gegangen und habe dort ihren Abschluss gemacht. Man könne Vollzeit für eine Einrichtung oder frei auf Auftragsbasis arbeiten und habe es dann einmal mit Literatur, dann mit Geschichte und ein anderes Mal mit Malerei zu tun. Für diese Variante habe sie sich entschieden. Sie versprach mir, ein andermal mehr über ihre Arbeit zu erzählen, der sie mit Freude nachging. Dieses Mehr wollte sie mir nicht gleich an dem Tag erzählen, an dem wir uns gerade erst kennengelernt hatten. Und doch merkte ich mir von dem Gesagten vor allem eine Bemerkung, die sie hinzugefügt hatte, ohne dass ich sie vollständig verstand, dass sie nämlich erst am Tag, an dem sie entdeckte, möglicherweise mehr Freude am Suchen als am Finden zu haben, begriffen habe, dass sie wirklich Dokumentarin geworden sei.

Danach hatten wir unsere Adressen ausgetauscht.

Dem Brief von Odile war eine Postkarte beigefügt, die ein Augenoptikergeschäft am Boulevard Saint-Martin 37 zeigte, dort, wo sich das Restaurant *Caillet* und das *Kinérama* befanden. Das Foto trug die folgende Angabe: »Firma Guilleret, Optiker. Lieferant des Kriegs- und des Marineministeriums. Boulevard Saint-Martin 37. Paris.«

»In Haus Nummer 37 befinden sich heute, aber das wissen Sie vielleicht, der Uhrmacher Alexandre und das Kino *Bosphore*«, schrieb Odile.

Sie hatte ihren Brief damit begonnen, mir zu danken, denn als sie wie ich den Boulevard Saint-Martin entlanggegangen war, hatte sie, von meiner Rezitation verblüfft, sich nicht zurückhalten können, nachzusehen, und auf Höhe von Nummer 29 angekommen, hatte sie zu ihrer Befriedigung eine Tafel bemerkt, die im Gedenken an den hundertsten Geburtstag von Georges Méliès über dem Eingang angebracht worden war. Die Tafel befand sich erst seit ein paar Monaten dort, und sie hatte mir den Text abgeschrieben:

In diesem Gebäude wurde
am 8. Dezember 1861
Georges Méliès
geboren.
Erfinder der Filmvorführung,
Zauberkünstler und Illusionist.

»Was für ein Glück, dass ich Ihnen begegnet bin«, schrieb sie. »Diese wenn auch späte Anerkennung ist für mich von großer Bedeutung, denn Méliès war von frühester Zeit an Dreyfus-Anhänger und hatte schon zur Zeit des Prozesses von Rennes (1899) einen Film über die Dreyfus-Affäre gemacht. Das Aufführen des 15minütigen – damals ungewöhnlich langen – Films war lange Zeit verboten, ich vermute wegen der deutlichen Sympathie, die Méliès für den zu Unrecht angeklagten Hauptmann Dreyfus bekundete.«

Und weiter:

»Wir müssen uns einmal wiedersehen wegen dieses für mich sehr lehrreichen Bombardements mit der Abfolge der Läden. Ich bin mir zwar nicht sicher, glaube aber, dass es sich um ein Phänomen handelt, das nichts mit Gedächtnis zu tun hat. Um derart unvermittelt aufzutauchen, müssen die Namen wirklich wie in Sie eingeprägt sein, und – entschuldigen Sie die Neugier – ich habe das große Bedürfnis, zu erfahren, warum. Aber ich weiß, dass ich warten muss. Es gibt – das können Sie sich denken – noch weitere Fragen, die ich mir stelle.

Und dann noch all die, von denen ich noch nichts weiß.«

Als Postskriptum versprach mir Odile, weitere Fotografien des Boulevard Saint-Martin zu suchen und zu finden (sie hatte das Wort ›finden‹ unterstrichen).

Der Brief, den ich Odile als Antwort auf ihren schrieb, war kürzer. Ohne auf die Ladenschilder zurückzukommen – auch ich wusste nicht, warum ich sie so gut behalten hatte – oder mich auf das Gelände zukünftiger Fragen zu wagen, hatte ich gedanklich ihr »entschuldigen Sie die Neugier« unterstrichen, denn es erinnerte mich an die Szene, in der in Truffauts Film Jim Jules die Ratschläge erzählt, mit denen ihn sein Lehrer überhäuft hatte und die ich für sie abschrieb, so wie ich sie in Erinnerung hatte.

»Was soll ich werden?«

»Ein Neugieriger.«

»Das ist kein Beruf.«

»Das ist noch kein Beruf. Reisen Sie, schreiben Sie, lernen Sie, überall zu leben. Die Zukunft gehört den Neugierigen von Beruf.«

Und ich hatte Odile die folgende Definition des Berufsbildes Dokumentar vorgeschlagen: »Ein Dokumentar ist ein Neugieriger von Beruf.«

Auf dem Rückweg von der Post in der Rue de Saintonge, wo ich meinen Brief eingeworfen hatte, blieb ich lange vor dem Cirque d'Hiver stehen. Meine Entscheidung fiel rasch. Es war an der Zeit (und sei es auch nur ein einziges Mal), ebenfalls über das Dach des Cirque d'Hiver zu gehen, um zu mir nach Hause zu gelangen.

10

JA, AUCH FÜR MICH war es Zeit, über das Dach des Cirque d'Hiver zu mir nach Hause zu gelangen. Die Handlung zu vollziehen, die ich seit jenem Januarschnee, den ich aus der Dachluke gesehen hatte, beiseitegeschoben hatte.

Im Cirque d'Hiver wurde 1955 der Film *Trapez* gedreht. Während sich im Laufe der mehrmonatigen Dreharbeiten täglich Hunderte von Menschen versammelten, um die Stars zu sehen, war es Alex mit kaum neun Jahren gelungen, in den Zirkus hineinzugelangen. Er hatte es geschafft, die Autogramme von Gina Lollobrigida, Burt Lancaster, Tony Curtis und auch die von Carol Reed, dem Regisseur, auf einem Plakat des Cirque d'Hiver zu vereinen, das ihm der Clown Zavatta geschenkt hatte. Danach – er muss ganz rot vor Vergnügen gewesen sein – war er, wie um sich zu bedanken, wieder zu Zavatta gegangen, um ihm das Ergebnis seiner Hartnäckigkeit zu zeigen. Gerührt hatte Zavatta ebenfalls signiert und dazugeschrieben: »Für meinen Freund Alex« und dabei den Vornamen unterstrichen.*

* Alex (1897–1983) war auch der Name des Weißen Clowns, des ständigen Partners von Achille Zavatta.

Das Plakat ist noch immer da, mit Reißzwecken über seinem Bett befestigt.

Den Blick zur Kuppel erhoben, ging ich wieder und wieder am Zirkus vorbei und schob jedes Mal den Moment hinaus, ihn zu betreten. In der Hoffnung auf ein Gespräch an der Theke trank ich in der *Bar du Cirque*, einem Café in der Rue Amelot, ein Glas nach dem anderen und verweilte vor einem Foto der vier Bouglione-Brüder, das an der Wand hing. Noch lieber ging ich – wenn auch ohne größeren Erfolg – in das kleine Café *Entrée des artistes* in der Rue de Crussol, das mit weniger Fotos ausgestattet war, sich aber direkt neben dem echten Künstlereingang des Cirque d'Hiver befand. Nur ein paar Zirkusjungen schienen den Ort aufzusuchen, wie auch drei Spanisch sprechende Männer, die ich aufgrund ihrer Muskeln für Trapezkünstler hielt.

Jeden Morgen sagte ich mir: Heute mache ich es.

Vor einem Milchkaffee und einer aufgeschlagenen Zeitung, die ein längeres Verweilen rechtfertigen sollte, fragte ich mich, wie ich es anfangen, wie ich es erklären sollte. Sagen, dass ich in der Cité Crussol wohnte, dass mein Vater vor zwanzig Jahren heimlich in seine Wohnung zurückgekehrt war, indem er über das Dach des Zirkus lief und auf demselben Weg die Wohnung wieder verließ? Erklären, dass er Jude war und dieser Weg die unauffälligste Lösung gewesen sei, die er gefunden habe, um nicht bemerkt zu werden?

Und ich stellte mir den Dialog vor:

»Ach ja? Und?«

»Und Folgendes: Ich würde gerne dasselbe tun.«

»Aber warum wollen Sie über das Zirkusdach steigen, wo Sie doch auf ganz normalem Wege nach Hause gehen können?«

»Weil ich gerne wüsste, wie er es gemacht hat.«

»Hat Ihr Vater es Ihnen nicht erklärt?«

»Nein, eben nicht. Eines Tages ist er nicht zurückgekommen. Das war 1942, im Juli. Da muss er verhaftet worden sein. Er ist deportiert worden, und wir haben ihn nie wiedergesehen.«

»Aber Sie – wo waren denn Sie?«

»Wir waren mit meiner Mutter und meiner Großmutter in Gentilly versteckt.«

»Aber warum ist Ihr Vater dann in die Cité Crussol zurückgekommen, wenn Sie woanders gewohnt haben?«

»Weil wir sehr schnell hatten aufbrechen müssen, deshalb musste er zurückkommen, um wichtige Papiere zu holen, die wir brauchten, persönliche Dinge, und er ist mehrmals zurückgekommen, weil es gefährlich gewesen wäre, den Weg allzu schwer bepackt zu nehmen, glaube ich.«

»Und Sie haben nicht gefragt, wie er festgenommen wurde?«

»Wen hätte ich fragen sollen? Nein, wir haben es nie erfahren. Ich vermute, dass jemand ihn auf dem Dach gesehen und denunziert hat.«

»Vielleicht ist er verhaftet worden, weil man ihn für einen Dieb hielt.«

»Für einen Dieb? Aber einen Dieb steckt man ins Gefängnis, den deportiert man nicht.«

Diese Wendung des Gesprächs wäre mir nicht recht gewesen. Außerdem verhedderte ich mich in den imaginären Unterhaltungen und schaffte es nicht, die tieferen Gründe dafür zu erklären, dass ich zwanzig Jahre später denselben Weg wie mein Vater nehmen wollte. Dazu hätte zumindest ich wissen müssen, warum. Ich wusste nur, dass ich es tun musste, das war alles. Also ließ ich das Gespräch in der Schwebe, vielleicht weil ich mich auf die Eingebung des Augenblicks verlassen wollte.

Als ich von einem Familienmitglied der Bougliones empfangen wurde, entsprachen die ersten Worte zwar ungefähr dem, was ich mir vorgestellt hatte, aber die Fortsetzung hatte natürlich überhaupt nicht damit zu tun. Ich hatte mir gesagt: Alles hängt von den ersten Sätzen ab, aber obwohl ich mich in irgendwelchen rhetorischen Präliminarien verstrickte, war die Begrüßung wohlwollend.

Es war keiner der vier Brüder, deren Foto die große Wand der Zirkusbar schmückte. Er war jünger. Nur ein paar Jahre trennten uns.

Mir wurde nicht klar, ob er die Gründe für mein Vorgehen verstanden hatte, aber er war aufmerksam genug, um mich aufzufordern, ihm zu folgen. Er betrat einen langen kreisförmigen Gang. Von dort drang das Geräusch eines galoppierenden Pferdes zu mir, dessen regelmäßiges Getrappel wie der Name der Zirkusbesitzer klang: Bouglione, Bouglione, Bouglione.

Kurz darauf war durch die Lücke, die zwei weit geöffnete rote Samtvorhänge boten, vor der wir aber nicht stehen blieben, ein Kunstreiter zu sehen, der aufrecht auf zwei nebeneinander um die Manege galoppierenden Pferden stand. In einem Winkel des Ganges konnte man über eine Wendeltreppe mit Metallgeländer, deren Notbeleuchtung die schmalen Stufen schwach erhellte, durch eine kleine Tür aufs Dach gelangen. Ein Schloss, in dem kein Schlüssel steckte, verhinderte den Zugang. »Warten Sie hier auf mich«, sagte der junge Bouglione. »Ich gehe runter und hole den Schlüssel.« In seiner Abwesenheit hatte ich Zeit, in die Wand geritzte Inschriften zu lesen. Gino. Olga. Ein unleserlicher Name. 14-9-1946. Kassovic 1953. Dédé 1942–1943. Noch weitere Namen, manchmal gefolgt von Daten, die ich nicht beachtete. Zu neu. Gegen jede Wahrscheinlichkeit – als ob mein Vater, mit einem Messer ausgerüstet, sich die Zeit genommen hätte, hier zu verweilen – hoffte ich, dort die Spur eines Jacques oder, noch absurder, eines Yankel 1942 zu finden. Es war dumm. Warum Spuren hinterlassen, wenn man doch gerade nirgends welche hinterlassen durfte?

»Trapezkünstler«, sagte Bouglione, der mit dem Schlüssel zurückkam. »Auf dem Weg zu ihrer Nummer gehen sie hier vorbei. Und dann hinterlassen sie zur Erinnerung Namen und Datum.«

»Auf welcher Höhe sind wir hier?«

»Dreiundzwanzig Meter. Wir überragen die Gebäude der Cité Crussol. Gehen wir?«

»Gehen wir.«

Kaum hatten wir die kleine Holztür durchschritten, sah ich, auf der Schwelle zu dem Weg, den ich gehen wollte, die lange Reihe der Zinkdächer über der Cité Crussol vor mir. Ich zählte die Dachluken. Eine, zwei, drei. Es war die dritte, die letzte. Dort musste ich hin. Bis zur dritten Dachluke laufen, sie öffnen, und, genau wie mein Vater es getan hatte, auf den Treppenabsatz springen. Ich würde etwas zurückbekommen, davon war ich überzeugt.

Ich hatte mich von der ersten Dachschräge, auf die ich mit der Warnung geführt worden war, aufzupassen und ja nicht auszurutschen, noch nicht fortbewegt – ich empfand eine Art Frieden, dort zu verweilen.

Auf dem Weg, der von der Wendeltreppe zur dritten Dachluke führte, gefiel mir die Vorstellung, dass der Mann, der mein Vater gewesen war, mich an der Hand nahm, mir dabei half, die ersten Schritte zu tun. Als hätte er mich erwartet und würde sagen: Schau, da lang, ganz genau da lang bin ich gegangen.

Als hätte auch er diesen Moment gebraucht und als würde er zum ersten Mal meine Hand loslassen, ging ich daraufhin auf die dritte Dachluke zu und stellte ihn mir dabei hinter mir vor, sicherlich mit einem Lächeln, aufmerksam und vertrauensvoll, und alles schien mir leicht. Auf dem Weg an den Schornsteinen entlang verschmolzen meine Schritte mit seinen, und dieser Akt, der, wie ich gerade begriffen hatte, nichts mit Neugier zu tun hatte, sollte mich ein für alle Mal verpflichten.

Später blieben wir noch einen Moment in dem Raum, der wohl der Stall war und wo ein Angestellter gewissenhaft die Vergoldungen der Boxen neu bemalte, unter Alexandre, Sampion, Joseph und Firmin, den vier Bouglione-Brüdern, die auf einem großen Farbplakat dargestellt waren. Émilien, der mich auf das Dach begleitet hatte, war der Sohn eines der vier Brüder.

Drei andere Plakate von Gustave Soury, die an ein paar große Programme erinnerten, hingen ebenfalls an der Wand. Eines davon, von einer besonders beeindruckenden Zeichnung geschmückt, kündigte »die weltweit einzige Kanone mit menschlichem Doppelgeschoss« an.

»Ich war es, der Tony Curtis in *Trapez* gedoubelt hat«, sagte Émilien, der meinem Blick gefolgt war. »Da war ich siebzehn.«

Er hatte wie ich die Gemeindeschule in der Rue Saint-Sébastien besucht. »Aber Schule war nicht oft. Wegen der Reisen.« Und dann unterhielten wir uns noch weiter.

»Wie alt war Ihr Vater?«

»Siebenundzwanzig. Warum?«

»Weil ich an etwas dachte, aber nein, das passt nicht. Das war später, '44.«

»Was war später?«

»Da sind eines Tages, wie mein Vater mir erzählt hat, mitten während einer Vorstellung zwei deutsche Soldaten hereingekommen, haben sich unter die Zuschauer gedrängt und einen Mann abgeführt – sicher ein Widerstandskämpfer – und ihn auf der Stelle erschossen. Aber da das mitten während der großen Parade war, hat es wegen der Musik der Kapelle anscheinend niemand bemerkt. Deshalb fragte ich nach dem Alter Ihres Vaters, aber der Mann war älter. Und außerdem sagten Sie mir, dass Ihr Vater 1942 verhaftet worden sei.«

Danach erzählte er mir, dass mit geheimem Einverständnis des Hausmeisters eine Zeit lang Juden und Widerstandskämpfer im Zirkus Zuflucht gefunden hätten, indem sie als Zirkusjungen eingestellt wurden.

»Und wussten Sie, dass Pipo Jude war?«

»Pipo? Der Clown Pipo?«

»Ja, er heißt Sosman. Gustave Joseph Sosman. Er stammt aus einer großen Akrobaten- und Kunstreiterfamilie aus Belgien und Holland. Wie meine Mutter, die eine Van Been war. Deshalb wäre man damals nicht mal im Zirkusmilieu auf die Idee gekommen, dass er Jude ist. Ich glaube, er war der Einzige, der besorgt war, weil er während der Besatzung die Zuschauer weiter zum Lachen gebracht hat.«

Es gab sicher noch anderes zu sagen, was mich interessiert hätte, aber mehr wusste er nicht. Und so verließ ich fast mit Bedauern den Zirkus.

Als ich draußen war und mit in die Luft gereckter Nase die Zirkuskuppel betrachtete, wusste ich plötzlich, was ich tun würde, sobald ich zu Hause war: Mithilfe der Leiter auf dem Treppenabsatz würde ich die Dachluke öffnen und den Weg betrachten, den ich gerade eben gegangen war, den Weg, den mein Vater vor nunmehr zwanzig Jahren genommen hatte.

11

»UND ICH, WAS BIN ICH in dieser Geschichte? Der Verfasser? Der Komplize? Ein Passant? Ich bin Sie! Nun, ich bin irgendeiner von Ihnen. Ich bin die Verkörperung Ihres Verlangens, Ihres Verlangens, alles zu erfahren. Die Menschen kennen immer nur einen Teil der Wirklichkeit. Und warum? Weil sie nur einen einzigen Aspekt der Dinge sehen. Ich sehe sie alle: Weil ich im Kreis sehe. Das erlaubt mir, überall zugleich zu sein. Überall. Aber wo sind wir hier? Auf einer Bühne? In einem Studio? ... Nein, auf einer Straße. Wir sind in Wien. Im Jahr 1900! Ändern wir das Kostüm. 1900: Wir sind in der Vergangenheit. Ich vergöttere die Vergangenheit. Die ist so viel beruhigender als die Gegenwart! Und so viel sicherer als die Zukunft ...!«

So beginnt *Der Reigen*, der Film von Max Ophüls, den ich gerade im Kino *Le Champollion* gesehen habe.

Ich erinnere mich, dass wir mit Robert in Tarnos eine echte Debatte über den Film geführt hatten. Nicht ich, ich hatte ihn nicht gesehen. Aber diejenigen von uns, die im Kino gewesen waren und für die das Thema sich darauf reduzierte, dass eine Dame einem Herrn begegnet und, nachdem sie miteinander geschlafen haben, der Herr einer weiteren Dame begegnet, die einem weiteren Herrn begegnet, und so fort, diejenigen waren schockiert. Ohne sonderlichen Erfolg hatte Robert versucht zu erklären, dass die Bedeutung des *Reigen* in einer Art Nachsinnen über das Thema des Verlangens und der Liebe liege und trotz allem äußeren Anschein den Gefühlen allen Raum lasse.

Nun gab es keinerlei Grund für mich, mich in die Haut eines vierzehnjährigen Jungen zu versetzen, um herauszufinden, ob ich den Film genauso streng beurteilt hätte. Umso weniger, als mich heute nicht die Erinnerung an die Diskussion interessierte, sondern der Anfang des Films. Ein Anfang, über den damals niemand gesprochen hatte:

»Ich vergöttere die Vergangenheit. Die ist so viel beruhigender als die Gegenwart! Und so viel sicherer als die Zukunft!«

Die Vergangenheit vergöttern? Welche Vergangenheit? Wenn von Liebe die Rede ist, ja, dann kann man sie vergöttern. Das hatte ich begonnen zu verstehen, als ich aus der Vorstellung von *Jules und Jim* gekommen war und meine Mutter meinen Arm nahm und von der glücklichen Zeit mit meinem Vater und Leizer in Przytyk erzählt hatte. Und natürlich auch Wien, 1900, der Reigen der Liebe. Diese Vergangenheit ja. Aber die danach? Die Vergangenheit »sicherer als die Zukunft«? Wo ich doch meine Kindheit, in die ich jetzt zu meiner Überraschung zurückkehrte, unbewusst auf Abstand gehalten hatte – diese Vergangenheit erneut zu durchleben hatte ich nicht das geringste Bedürfnis, auch wenn ich mich jetzt hartnäckig bemühte, sie zu vergegenwärtigen, um sie zu verstehen zu versuchen.

Als Reaktion auf Schikanen seiner Klassenkameraden drohte Alex in der Schule nie mit »Das sag ich meinem Vater!«, nicht mal mit »Das sag ich meinem großen Bruder!«, denn implizit hätte er damit gesagt, dass es keinen Vater im Hause gab. Und da er nicht mit Erklärungen anfangen wollte, regelte er die Sache allein, wenn er mit jemandem noch eine Rechnung zu begleichen hatte. Als er eines Tages mit einem ordentlichen Veilchen nach Hause kam, hatte ich ihm, noch bevor ich ihn nach dem Grund dafür fragte, gesagt, er dürfe sich nichts gefallen lassen und solle immer zurückschlagen.

»Das weiß ich«, hatte Alex geantwortet, »aber ich hatte schon vorher zurückgeschlagen.«

»Alex ist ein unberechenbares Kind«, hatte eine Grundschullehrerin zu meiner Mutter gesagt, als er in der vierten Klasse war. Ein Satz, den meine Mutter mir eher verwirrt als beunruhigt berichtete und der an Bobes Feststellung erinnerte, Alex sei kein Kind wie die anderen.

Da er seine Hausaufgaben am Esszimmertisch machte, konnten wir seine Schularbeiten einsehen. Und eines Abends war ich von einer seltsamen Strafarbeit irritiert.

Er musste hundert Mal schreiben: »Vous n'aurez pas l'Alsace et la Lorraine, et malgré vous, nous resterons français.«* Alex hatte sich nicht lang bitten lassen, um zu erzählen, wie es dazu kam.

Er hatte mit der Klasse gewettet, dass er im Gesangsunterricht, während seine Kameraden im Chor »Ihr werdet Elsass-Lothringen nicht bekommen …« anstimmen würden, stattdessen »Ihr werdet ›Ersatz‹-Lothringen** nicht bekommen …« singen würde, ohne dass es der Musiklehrerin auffiele. Nicht vorgesehen war dabei, dass auf Anregung des Schülers direkt vor ihm mehr als die Hälfte der Klasse genau in dem Moment zu singen aufhörte, als die patriotischen Worte gesungen werden sollten.

»Und so konnte die Lehrerin problemlos ›Ersatz-Lothringen‹ hören«, erzählte Alex. »Sie hat sofort gesehen, wo das herkam. Sie sagte, es gebe Dinge, mit denen man nicht scherzen dürfe, und hat mir aufgegeben, hundert Mal diesen Satz zu schreiben. Da sie die Lehrerin ist, hatte sie keine andere Wahl, der Dreckskerl war Ridard. Er hat den andern gesagt, sie sollten nicht singen.«

»Hast du ihn nach der Stunde verdroschen?«

* »Ihr werdet Elsass-Lothringen nicht bekommen, und trotz Euch bleiben wir französisch« – Refrain eines bekannten Liedes nach 1871 gegen die deutsche Annektierung Elsass-Lothringens.

** ›Ersatz‹ (dt. im Original) ist die frz. Bezeichnung für Kaffee-Ersatz.

»Nee, denn Ridard ist ein Großer, der aber zurückgeblieben ist. Jedes Jahr, wenn er in eine höhere Klasse aufsteigen soll, bleibt er sitzen. Daher haben alle Angst vor ihm. Aber ich hab mich anders gerächt. Gleich nach der Pause.«

»Und wie?«

»Wir hatten Geografie bei Monsieur Ramon, und irgendwann hat er Ridard gefragt, was am Meeresboden für Pflanzen wachsen. Und Ridard wusste es natürlich nicht. Da kam mir die Idee. Da er direkt vor mir sitzt, habe ich ihm zugeflüstert: Karotten! Na, Ridard hat dann doch gezögert, weil er das merkwürdig fand, dass Karotten auf dem Meeresboden wachsen. Aber die anderen, die mich gehört hatten, fingen auch an zu flüstern: Karotten! Karotten! Und Ramon, der gehört hat, dass mehrere flüsterten, aber nicht verstand, was sie flüsterten, hat gesagt: ›Es wird nicht vorgesagt!‹ Und dann sagte er zu Ridard: ›Wenn du keine verstopften Ohren hättest, würdest du hören, was deine Klassenkameraden dir zuflüstern, Ridard.‹ Das hat Ridard reingeritten, weil er jetzt dachte, es wäre die richtige Antwort. Also hat er sich aufgerichtet und triumphierend gesagt: ›Karotten!‹ Du hättest Ramons Gesicht sehen sollen. Wir sind fast gestorben vor Lachen.«

Die Wochen vergingen, geprägt von Anekdoten. Manchmal aus der Schule, manchmal von anderswo. Einmal kam Alex mit einem Veilchen nach Hause, ein andermal mit einer Strafarbeit. Und dann vergaß man es wieder, und heute kamen diese kleinen Ereignisse, allem Anschein nach ohne Belang, wieder an die Oberfläche. Dieses unbeständige, konfuse ›Davor‹, in das einzutauchen ich mich zurückgehalten hatte, erwachte Stück für Stück und begleitete mich nun.

Immer häufiger lief ich durch die Straßen, oft dieselben. Ich ging nach Belleville hinauf und dachte dabei über das nach, was in mir aufstieg. Und lernte dabei, mich aufmerksam fortzubewegen. Mich nicht damit zu begnügen, hinzunehmen, was sich zeigt. Sondern nachzusehen. Mich hineinzustürzen. Und während ich versuchte herauszufinden, was sich verändert hatte, erinnerte ich mich an Robert, wie er Hoftore öffnete, Höfe betrat, wie er herauszufinden versuchte, was sich nicht verändert hatte.

Dann ging ich immer häufiger ins Kino. Ins *Champollion*, wo ich *Der Reigen* gesehen hatte. Als ich kurz hintereinander *Singing in the Rain* und dann vor allem *Les Girls* gesehen hatte, musste ich an Leizers Schwester denken, die in der Hoffnung, Music-Hall-Tänzerin zu werden, lange vor dem Krieg nach Amerika gegangen war, und an Leizer, der sie zwanzig Jahre nicht gesehen hatte und schließlich ins Flugzeug stieg, um sie wiederzusehen. Da dachte ich natürlich wieder an Alex, weil wir beide einer nach dem anderen gelernt hatten, ohne Vater zu leben.

Etwas war unklar geblieben, und daran dachte ich seit meinem spontanen Aufzählen der Ladennamen am Boulevard Saint-Martin und der Tatsache, dass ich Alex' Abenteuern wohl im Zusammenhang damit immer größere Bedeutung beimaß, und das war der Flugzeugabsturz, dem Leizer zum Opfer gefallen war.

Ich wusste nicht viel darüber, außer dass es im Oktober 1949 geschehen war.

Den Wunsch, mehr zu wissen, hat mir die Bibliothèque Nationale erfüllt. Mithilfe von Odile fand ich den Weg dorthin.

»Die Zeitungen informieren uns auch über das, woran man sich nicht erinnert«, hatte sie gesagt. »Sie sind da und warten, dass man sie liest.«

Er genügte, hinzugehen und nachzusehen, um mehr zu wissen. So fand ich mich eines Tages im Saal der Zeitschriften und Periodika wieder, der sogenannten »Salle ovale« in der Rue de Richelieu, vor der Masse der acht täglichen Ausgaben des *France-Soir*, der einzigen französischen Tageszeitung, die mehr als eine Million Exemplare verkaufte, wie ihre Werbung besagte.

Da ich es nicht gewohnt war, Zeitungen zu konsultieren, deren Nachrichten dafür geschrieben waren, am Erscheinungstag gelesen zu werden, hatte ich beschlossen, all die aufeinanderfolgenden Ausgaben ohne Eile, fast gemächlich, durchzublättern, mit der einzigen Methode, Seite für Seite vorzugehen. Bald wurde mir bewusst, dass ich mich auch bei Dingen aufhielt, die nichts mit dem Gegenstand meiner Suche zu tun hatten. Als schöbe ich den Augenblick des Findens hinaus und als wüsste ich, dass es sowieso irgendwann da stehen würde, auf der Seite mit dem Vermischten.

So verweilte ich in der ersten Ausgabe der vor mir liegenden Zeitungen, die das Datum vom Samstag, dem 1. Oktober 1949, trug und bei der ich nur dies eine Mal direkt auf die Kinoseite blätterte – die Abendzeitungen tragen immer das Datum des nächsten Tages –, bei der Ankündigung zweier Filme, von denen ich noch nie gehört hatte: Der erste war *Rückkehr ins Leben* mit Bernard Blier, Louis Jouvet, Serge Reggiani, François Périer und Noël-Noël mit dem folgenden Werbehinweis: »Der Film bekommt bei jeder Vorstellung Applaus.« Der andere, *Die Gezeichneten* von Fred Zinnemann mit Montgomery Clift, der in Hollywood zwei Oscars erhalten hatte und dessen Inhalt mit den folgenden Worten zusammengefasst wurde: »Der Hölle entronnen, fragt ein Kind einen amerikanischen Soldaten, was eine Mama ist«, fand sich seltsamerweise in einer Rubrik mit der Überschrift: »In einer Viertelstunde erfahren Sie alles über …«. Worüber werden Sie alles in einer Viertelstunde erfahren? Über den Faschismus? Über Auschwitz? In einer Viertelstunde?

Mich erstaunte, dass der Artikel in einer solchen Rubrik platziert werden konnte, zumal in einem Jahr, in dem man noch in »Nachkriegs-« und »Vorkriegs-«Zeit unterschied, wie folgende Werbung in derselben Zeitung belegte: »Wie zu Vorkriegszeiten können Sie bei *Bon-Marché* eine Nähmaschine erwerben.«

Sonntag, 2., und Montag, 3. Oktober:

- Preise für Butter gesenkt, nicht aber für Brot und Fleisch.
- 4.200.000 Grundschüler haben heute wieder mit der Schule begonnen.

Mittwoch, 5. Oktober:

- Tito zu seinen Offizieren: »Die UdSSR droht uns mit Krieg, aber die jugoslawische Armee wird bis zum Ende kämpfen.«
- Nach Russland, Bulgarien, Ungarn, Polen und Rumänien bricht die Tschechoslowakei ihren Freundschaftspakt mit Jugoslawien.

Da ich nicht danach suchte, Distanz zu dem zu wahren, was ich beim Blättern auf einer der Seiten entdeckte, überraschte ich mich dabei, wie ich von diesem oder jenem Ereignis erst abgelenkt wurde und mich dann davon betroffen fühlte. Als ich daher unter dem Datum des 7. Oktober las: »›Wir machen uns das Wesentliche des Nazismus zu eigen‹, verkündet die DRP, eine rechte deutsche Partei«, bedauerte ich, nichts zu schreiben mitgebracht zu haben, um mir Notierenswertes zu notieren. Am nächsten Tag kam ich gleich morgens mit Papier und sorgfältig gespitzten Stiften versehen wieder.

Als ich Platz genommen hatte, erkannte ich ein paar Gesichter vom Vortag, die sich bereits mit dem beschäftigten, was eines Tages druckenswert gewesen war. Es waren regelmäßige Leser mit routinierten Bewegungen und Gesten, die mich daran erinnerten, dass ich hier noch debütierte.

Ich nahm meine Zeitungen mit der Ausgabe vom Samstag, dem 8. Oktober, wieder auf und blätterte eifrig die Seiten um.

- Mitten in der Nacht lässt René das Taxi auf dem Pont du Carroussel anhalten, stürzt sich in die Seine und ertrinkt vor den Augen der Frau, die ihn nicht heiraten wollte.

Am nächsten Tag stand nichts über den Vorfall in der Zeitung. Manchmal würde man gern mehr wissen. Wie sie sich kennengelernt haben. Ihren Beruf. Woran hatte die Frau gedacht, nachdem sie »Tu das nicht!« gerufen hatte, während der Mann, der sie liebte, im Wasser der Seine verschwand? Was wird aus ihr? »Nur das Alltägliche«, pflegte Monsieur Victor zu sagen, wenn er seinen *France-Soir* zusammenfaltete.

Immer noch Samstag, 8. Oktober:

- Verhaftungswelle in der Tschechoslowakei. Fast 6.000 ›Oppositionelle‹ in den letzten drei Tagen verhaftet.
- Flucht Richtung Westen: 20.000 Deutsche überwinden den Eisernen Vorhang.
- Filmstart von *Bitterer Reis* mit Silvana Mangano.
- Catchen im Winterzirkus.

Sonntag, 9., und Montag, 10. Oktober:

- In der Rubrik: »In einer Viertelstunde erfahren Sie alles über …«: Die Wahlen in Österreich: 430.000 (von 536.000) amnestierte Neonazis wählen morgen zum ersten Mal.

Dienstag, 11. Oktober:

- Österreich: Die Neonazis erhalten 10 Prozent der Sitze. Die Geburtsstadt Hitlers hat rechts gewählt.
- Tschechoslowakei: Säuberungen: Man spricht von 50.000 Verhaftungen.
- *Fahrraddiebe*, als Meisterwerk des Jahres 1949 bezeichnet, feiert seit drei Monaten im *Biarritz* und im *Madeleine* Triumphe.

Mittwoch, 12. Oktober:

- Jules Moch zur Regierungsbildung entschlossen.

Donnerstag, 13. Oktober:

- Rajk (ehemaliger Außenminister Ungarns) vom Kassationsgericht verurteilt. Die Angeklagten sind nach Gesetz vom Prozess ausgeschlossen.

Freitag, 14. Oktober: nichts Bemerkenswertes.

Samstag, 15. Oktober:

- Jules Moch mit 311 Stimmen (konstitutionelle Mehrheit: 310 Stimmen) gewählt.

Sonntag, 16., und Montag, 17. Oktober …

Schluss damit! Es war doch nicht meine Aufgabe, alles zu notieren, was die Zeitung mir sagte. Da es nur von mir abhing, da ich niemandem Rechenschaft schuldig war, warum mich versteifen, warum bei dem verweilen, was für andere sicher wertvoll, für viele wichtig war? Was sagten mir diese Informationen? Diese Ereignisse, diese gedruckten Begebenheiten konnten mir nicht weiterhelfen. Warum sie dem Vergessen entreißen, wo ich doch nicht wusste, was ich aus ihnen machen sollte. Selbst zusammengetragen bildeten sie keine Erinnerung.

Ja, natürlich hatte ich, mitten in den Oktober 1949 versetzt, erfahren, dass Frankreich seit einem Monat keine Regierung hatte. Jules Moch hatte verzichtet. So wie Queuille ein paar Tage zuvor. So wie René Mayer ein paar Tage später, der doch mit 341 gegen 183 Stimmen gewählt worden war. So wie Georges Bidault noch später. Ich hatte auch von der skandalösen Hinrichtung durch den Strang von Laszlo Rajk 48 Stunden nach seiner Verurteilung zum Tod erfahren. Und, ebenso schändlich, von der Freilassung von Ilse Koch, die »die Hexe von Buchenwald« genannt wurde, durch die Amerikaner. Ein Foto zeigte sie lächelnd beim Verlassen des Gefängnisses.

Auf der Seite Theater und Kino wurde der Start von *Johanna von Orléans* mit Ingrid Bergman und von *Der dritte Mann* mit Orson Welles angekündigt, der den Großen Preis der Jury beim Filmfestival in Cannes erhalten hatte, und der zweite Monat triumphalen Erfolgs von *Rückkehr ins Leben* vermeldet. Aber ich war wegen etwas anderem gekommen.

Also ließ ich meine Augen, in der Furcht, sie würden

müde und verlören die Hartnäckigkeit des ersten Tages, von einer vermischten Meldung zur nächsten gleiten. Ungeduldig.

Und da stand es. In einer Sonderausgabe des *France-Soir* mit Datum vom Samstag, 29. Oktober 1949. Auf der ersten Seite. Über acht Spalten.

FLUGZEUG VON CERDAN (Paris–New York) MIT 48 PERSONEN ÜBER DEN AZOREN ABGESTÜRZT.

Vermutlich gibt es Überlebende. Letzte Nachrichten: Um 13.20 Uhr wurde die folgende Funkmeldung von den Azoren an Air France übermittelt: »Flugzeug F.B.A. - Z.N. gefunden Pic Algarvia (Azoren), nordöstlich Sao Miguel - Stop - Suchflugzeug meldet Überlebende - Stop - Begibt sich an Ort und Stelle«.

Hatte Leizer sich also im Flugzeug von Marcel Cerdan befunden?

In der folgenden Ausgabe von *France-Soir* informierte ein in letzter Minute eingefügter Kasten am Ende des Artikels, der praktisch die gesamte erste Seite einnahm, über das Folgende: »*Flugzeug verbrannt aufgefunden - Stop - Angeblich keine Überlebenden.*« Und ganz unten: »*Seite 5: Die Passagierliste*«.

Ja, da standen sie, auf Seite 5, und während ich die Lektüre des Artikels auf später verschob, suchte ich unter den achtundvierzig aufgelisteten Namen, auf die jeweils Geburtsdatum, Nationalität und Beruf folgten, den von Leizer.

John Abbati, geboren 1895, Amerikaner, ohne Beruf.

Mustapha Abdoumi, geboren 1923, Landwirt im Libanon.

Hanna Abboud, geboren 1928, Hausfrau, Syrerin.

Eghline Askkan-Ebrahimi, geboren 1915, ohne Beruf, Teheran.

Joseph Aharony, geboren 1904, Anwalt, Israeli.

Jean-Pierre Aduriz, geboren 1926, französischer Landwirt, Aldudes (Basses-Pyrénées).

Erst als ich beim Namen Marcel Cerdan ankam (Marcel Cerdan, geboren 1916, Boxer, Casablanca), begriff ich, dass die Namenliste alphabetisch geordnet war. Um Leizers Namen zu finden, musste ich ganz nach unten rutschen, zur letzten, allerletzten Zeile:

Lazare Zygelman, geboren 1915, Nationalität unbekannt, Schneider, Rue Oberkampf 7, Paris.

Wieso hatte ich nicht gewusst, dass Leizer im Flugzeug von Cerdan war? Warum? Mit neun Jahren muss ich schon gewusst haben, wer Marcel Cerdan war. Und in der Schule stand der Unfall sicher im Mittelpunkt aller Gespräche. Ich weiß, dass meine Mutter mich ein paar Tage lang aus der Schule genommen hatte. Hatte sie das getan, um mich zu schützen? Hatte sie der Lehrerin ein paar Worte gesagt, weil sie fürchtete, die Kinder würden über nichts anderes als Cerdans Tod reden? Zu Hause war bestimmt das Radio ausgeschaltet geblieben, wie es sich bei einem Trauerfall gehört, und die Zeitungen wurden sorgfältig versteckt. Und in der Schule war sicher nicht mehr viel von dem Ereignis hängen geblieben, als ich nach den Allerheiligen-Ferien wieder zurückkam, weshalb ich mich nur noch an Leizers Tod erinnere.

Ich habe also dreizehn Jahre gebraucht, um Leizers Namen in der Zeitung zu entdecken. Da ich die Bibliothèque Nationale nicht verlassen und ihn dort zurücklassen konnte und vielleicht, weil mir all das, was ich gerade erfahren hatte, entzogen worden war, schrieb ich fast alles ab.

Es stimmte: Die Zeitungen waren auch dazu da, um uns über das zu informieren, woran man sich nicht erinnert. Und dann? Weckt man ein Ereignis wieder zum Leben, indem man es abschreibt? Im äußersten Fall vermeidet man, es vollständig zu verlieren, indem man es der vergehenden Zeit entreißt. Aber um was daraus zu machen? Was tun mit solchen Begegnungen und dem ganz neuen Wissen?

Zwei Tage hatte ich damit verbracht, in den Zeitungen nach der Spur des Flugzeugunglücks zu suchen, das Leizers Tod verursacht hatte. Er lag nicht irgendwo am Meeresgrund, wie meine Mutter mir beim Verlassen des Kinos gesagt hatte. Er war verbrannt. So stand es in der Ausgabe vom Sonntag, dem 30., und Montag, dem 31. Oktober. Es war doch nicht möglich, dass meine Mutter das nicht wusste. Oder es vergessen hatte. Als hätte sie nie akzeptieren können, dass auch er verbrannt war. Ich erinnerte mich noch genau an ihre Worte: »Mit Leizer war es genauso. Ich hatte ihm gesagt, er solle das Schiff nehmen, das sei sicherer, aber er wollte nicht hören. Er sagte, mit dem Flugzeug wäre er schneller wieder da. Also hat er ein Flugticket gekauft und ist dann nicht mal bis Amerika gekommen, wo seine Schwester ihn erwartete.«

Abgesehen von diesem Abend redete meine Mutter nie von Tante Esther. Und deshalb sprach auch Alex nicht mehr von ihr. Dabei war sie seine Tante. Diese Tante, die ich mir vorstellte, wie sie als junges Mädchen an den Broadway kam, Stepptanz lernte und als Schauspielerin vorsprach. Diese Tante, die ich mir vorstellte, wie sie heute allein in New York lebte und als Familie nur einen Neffen in Paris hatte, nach dem sie sich vielleicht nicht einmal zu erkundigen traute – ich war ihr nicht böse, dass sie Leizer sicher zugeraten hatte, das Flugzeug zu nehmen. Im Gegensatz zu meiner Mutter, die, wie ich glaube, nicht anders konnte, als ihr noch immer böse zu sein.

Also habe ich Esther Zygelman einen langen Brief geschrieben. Die ebenfalls lange Antwort ließ nicht auf sich warten.

12

Lieber Bernard,

vor mir liegt ein ganzer Stapel Briefpapier, und meine Hand mit dem Füllfederhalter, den ich gerade mit Tinte gefüllt habe, hat schon gezittert, bevor ich das erste Wort niederschrieb. Sie zitterte wie an dem Tag, an dem ich den Umschlag mit Deinem Brief öffnete. Mit Deinem Brief, den ich immer bei mir trage, seit er bei mir eintraf.

Lange habe ich auf einen Brief aus Paris gewartet. Nun magst Du Dich natürlich fragen, warum ich meinerseits nicht geschrieben habe. Anfangs habe ich das. Zu Rosch Haschana. Drei Jahre nacheinander. Aber ich habe nie eine Antwort bekommen. Gut, es waren keine richtigen Briefe, das stimmt. Nur eine Unterschrift auf der Rückseite einer Postkarte mit aufgedrucktem Text. Aber zu mehr hatte ich nicht die Courage. Ich wusste, dass Hannah, Deine Mutter, mir böse war, weil ich Leizer dazu gedrängt hatte, das Flugzeug zu nehmen. Also habe ich aufgehört zu schreiben und geweint, weil ich keine Familie mehr hatte. Und weil es im Leben merkwürdig zugeht, weine ich heute, weil ich sie wiedergefunden habe. Und um ganz ehrlich zu sein: Neben dem Briefpapier, auf dem ich Dir schreibe, liegt auch ein Taschentuch griffbereit.

Jetzt kann ich die Geschichte von Anfang an erzählen, da Du mir ja so viele Fragen gestellt hast.

Ich bin 1916 geboren. Ein Jahr nach Leizer. Und schon als kleines Mädchen hätte ich ihn am liebsten geheiratet, wäre er nicht mein Bruder gewesen, so groß war meine Bewunderung für ihn. Habe ich deswegen nie geheiratet? Nein, das glaube ich nicht, aber davon später mehr.

1929 besuchte uns ein Bruder meiner Mutter aus Amerika. Sein Vorname war Max, aber wenn man von ihm sprach, nannte man ihn, da man wusste, dass er reich geworden war, immer nur »den Onkel aus Amerika«. Wenn er seine Geschenke verteilt und die Runde bei den Nachbarn gemacht hatte, stellten wir ihm natürlich viele Fragen. Besonders Leizer und ich.

Er war 1918, unmittelbar nach dem Ersten Weltkrieg, ausgewandert und von einem Cousin in Empfang genommen worden, der in New York ein Milchgeschäft besaß und Max nach seiner Ankunft gleich auf das Dach seines Hauses geführt hat. Dort hat der Cousin den Koffer meines Onkels aufgeklappt und den Inhalt vom Dach des achtstöckigen Gebäudes geleert. Und während die aus Polen mitgebrachten

Hemden über die Straßen von New York flatterten, sagte er ihm: »Jetzt kaufen wir dir einen nagelneuen Anzug, dann siehst du aus wie ein echter Amerikaner.« Danach hat er ihn zum Teilhaber seines Geschäfts gemacht, dem sie den Namen »The New York Butter-and-Eggs-Store« gaben und dessen Slogan lautete: »Hier bedienen wir Sie mit einem Lächeln«, und so wurden sie reich.

Aber Onkel Max hatte eine Leidenschaft: die Dance Halls und Cabarets am Broadway, von denen er uns mit viel größerer Begeisterung erzählte als von seinem Butter-und-Eier-Geschäft. Einmal holte er aus seinem Gepäck ein Paar Spezialschuhe und führte auf dem Esszimmerparkett eine Stepptanz-Nummer vor. Ich war hingerissen. Dank ihm habe dann zwei Wochen später ich auf dem Esszimmertisch eine Stepptanz-Nummer aufgeführt.

»Golda«, sagte mein Onkel zu meiner Mutter, »aus deiner Tochter wird einmal eine große Tänzerin«, doch als er »sie muss unbedingt mit mir nach Amerika kommen« hinzusetzte, wäre meine Mutter fast in Ohnmacht gefallen.

Tagelang sprach man über nichts anderes mehr. Es quälte meinen Vater, das sah man ihm an, aber er flüchtete sich in seine Arbeit und sagte nichts. Meine Mutter räumte ein, ich sei schon tänzerisch begabt – welche Mutter hätte das nicht gerne eingeräumt –, sah aber nicht ein, warum ich nicht auch in

Polen eine Tanzkarriere machen könnte. »Weil Amerika der beste Ort ist, wenn man fürs Tanzen bezahlt werden will«, sagte mein Onkel. »Außerdem klingt ›Dollar‹ besser als ›Zloty‹. Wer kennt noch Zlotys, wenn man einmal die Grenze passiert hat?« Auch das räumte meine Mutter ein, obwohl sie mich ein wenig zu jung fand. Nicht zu jung, um meinen Lebensunterhalt zu verdienen, aber doch zu jung, die Familie zu verlassen, auch wenn es in unserer Umgebung bereits viele Familien gab, die durch den Ozean getrennt waren.

Doch mein Onkel Max blieb hartnäckig. Er sagte, anders als in Polen habe ein Jude in New York, wenn er begabt sei, eine glänzende Zukunft vor sich. Und er nannte Irving Berlin, der als singender Kellner begonnen hatte und um den sich mittlerweile der gesamte Broadway riss, und George Gershwin und Fanny Brice und Al Jolson und viele andere, von denen weder meine Mutter noch sonst jemand aus der Familie je etwas gehört hatte, und er stimmte mit seinem jiddischen Akzent, den er nie abgelegt hatte, ein Lied an: »Swanee, How I love you, How I love you, my dear old Swanee.« Und als meiner Mutter nur noch ihre Tränen als Gegenargument geblieben waren, ließ sie sich endlich überzeugen.

Einige Wochen später erblickte ich vom Deck eines Passagierdampfers der Red Star Line die Freiheitsstatue.

Weil ich Angst hatte, die Tränen würden fließen, wollte ich die Schilderung meiner Abreise aussparen, aber nun ist es zu spät. Denn jetzt sehe ich, genau wie damals während der Überfahrt, das Gesicht meiner weinenden Mutter auf dem Bahnsteig vor mir und muss an das Lied *A brivele der mamen* denken. Du kennst es: »Mayn kind, mayn treyst, du forst avek.« »Mein Kind, mein Trost, du ziehst dahin.« Sie befürchtete, mich nie wiederzusehen. Hitler hat ihr recht gegeben. Und als Fazit der Geschichte sitze ich nun hier und weine.

Gleich nach meiner Ankunft in New York ließ mich Onkel Max Englischstunden und dann Tanz- und Gesangsstunden nehmen.

Und eines Tages sagte er zu mir: »Esther, wir müssen dir einen Ort suchen, an dem du dich nützlich machen kannst und alle möglichen Leute kennenlernst.« Und so landete ich mit knapp fünfzehn bei *Katz*, einem Deli in der Lower East Side.

Als mir einfiel, dass Irving Berlin auch mit fünfzehn als singender Kellner angefangen hatte, und ich erfuhr, dass er 1888 geboren war, dem Gründungsjahr des Restaurants *Katz*, fasste ich das als Wink des Schicksals auf.

Er hatte bewiesen, dass ein Einwanderer aus Sibirien, der wie Al Jolson Sohn eines Synagogenkantors war, ein Lied wie *God Bless America* komponieren konnte, das von Millionen Amerikanern gesungen wurde. Daher servierte ich den Stammgästen von *Katz* mit einem Lächeln und ein paar Stepptanz-Schritten ihren Keiss Kichen, den man hier Cheesecake nennt. Man konnte dort tatsächlich allen möglichen Menschen begegnen. Beschäftigten aus der Bekleidungsindustrie und Leuten vom Jiddischen Theater, zwischen denen ich mit Suppenschüsseln voller Bouillon herumlief, in der ein paar Kneidlach schwammen. Man musste nur aufpassen, dass die Männer – und nicht nur die Junggesellen – hübsch die Hände bei sich behielten.

Bei *Katz* blieb man jedoch nicht lange Kellnerin. Für junge Mädchen war es eine Durchgangsstation, während sie darauf warteten, etwas anderes zu finden. Im Allgemeinen einen Ehemann. Denn am Ende der Zeiten ist es doch nicht schlecht, einen Mann zu haben, der einem etwas Nettes sagt. Und wenn dieser Mann reich ist, umso besser. Bei einem Glas Tee sprach der erhoffte Ehemann darüber mit den Müttern, denen man nichts vormachen durfte, und es kam vor, dass das Gespräch in eine Ehe mündete, zuweilen gefolgt von Unterhaltszahlungen.

Ich wollte auf andere Art vorwärtskommen und fand schließlich Arbeit bei der jiddischen Theatertruppe im Irving Place Theatre, das von Maurice Schwartz geleitet wurde. Maurice Schwartz suchte Tänzerinnen, die Jiddisch sprachen, weil er ein Musical von Abraham Goldfaden auf die Bühne bringen und damit durch die USA touren wollte. Die Tournee dauerte mehrere Monate. Wenn Du jetzt wissen willst, wie es damals auf der Tournee einer Schauspieltruppe zuging, bei der man jeden Abend oder fast jeden Abend in einer anderen Stadt spielte, lies die Biografie von Harpo Marx, die im vergangenen Jahr unter dem Titel *Harpo speaks!* erschienen ist. Besser könnte man es nicht beschreiben, und wenn ich jetzt, wo ich nicht mehr auf der Bühne stehe, immer wieder darin lese, so, weil ich daraus ebenso viel über das Leben wie über das Theater erfahre.

Nach meiner Vorstellung ist das Theater ein Abbild des Lebens, und das Leben hat zwei Seiten: die gute und die schlechte. Und wenn man mit ihm handelseinig werden will, muss man den Blick auf die gute richten. Ohne jedoch jemals zu vergessen, dass die schlechte nie weit entfernt ist.

Weil ich den Blick auf die gute Seite richtete, erfuhr ich von der Existenz der Marx Brothers. Onkel Max hatte mich einmal ins Kino mitgenommen, um *Animal Crackers* zu sehen, aber da war ich noch nicht lange genug in Amerika, um alle Dialoge zu verstehen. Deshalb schweifte meine Aufmerksamkeit wohl auch bald zu demjenigen der Brüder, der kein einziges Wort sprach: Harpo Marx. Als ein Jahr später *Die Marx Brothers auf See* auf die Leinwand kam, verstand ich schon viel besser Amerikanisch. Auch da sah ich nur einen Schauspieler, der mehr als doppelt so alt war wie ich, aber der sich, selbst wenn er auf der Jagd nach einer Blondine über die Leinwand hetzte, sein kindliches Gemüt bewahrt hatte. An jenem Tag fühlte ich, was mir zuvor noch nie geschehen war, dass meine Augen und mein Herz ihm immer offen stehen würden.

Sie standen immer noch offen, als ich zehn Jahre später – 1941 – zu den Tänzerinnen gehörte, die für eine lange Musiksequenz im Film *Die Marx Brothers im Kaufhaus* ausgewählt wurden, den Metro-Goldwyn-Mayer mit den Marx Brothers als Stars produzierte. Aber Harpo, der bei der Arbeit ebenso hinreißend war wie auf der Leinwand, war inzwischen mit der Schauspielerin Susan Fleming verheiratet und jagte keine Blondinen mehr.

Als die USA nach dem japanischen Angriff auf Pearl Harbour in den Krieg eintraten, meldete sich Harpo sofort zur Armee. Aber da man ihn für zu alt hielt, eine Uniform zu tragen, entschloss er sich, als Schauspieler zu kämpfen. Auch diesmal hatte ich das Glück, unter den fünfzehn *Chorus Girls* zu sein, die er für seine Tanztruppe auswählte, und wir traten vier Jahre lang in Militärlagern, auf Flottenstützpunkten und in Lazaretten auf, zur Stärkung der Moral und immensen Erheiterung unserer Soldaten.

Aber ich muss noch mal ein Stück zurück in meiner Geschichte, in die Zeit meiner Ankunft in New York. Denn damals zeigte mir mein Onkel all das, was am Broadway zählte und was er für meine künstlerische Ausbildung für unerlässlich hielt. So erlebte ich Aufführungen mit all denen, deren Namen er bei seinem Besuch in Przytyk genannt hatte. Al Jolson, Fanny Brice, Ethel Merman, Sophie Tucker. An die erste Vorstellung, zu der er mich mitnahm, erinnere ich mich noch, als wäre es gestern gewesen. Es war *Girl Crazy* von Gershwin im Alvin Theatre, mit Ethel Merman und Ginger Rogers.

Ich erinnere mich auch, wie ich in jenen ersten Jahren abends mit meinem Onkel den Broadway entlangschlenderte, über uns in riesigen Leuchtbuchstaben die Namen der Könige und Königinnen der New Yorker Theater, und ich mit glänzenden Augen davon träumte, wie ich selbst auf der Bühne stehen und unter Verbeugungen den Applaus des Publikums entgegennehmen würde.

Mein Name stand nie in Leuchtbuchstaben an den Theaterfassaden. Natürlich hatte ich, wie Tausende junger Mädchen, die schon seit der Ära Ziegfeld am Broadway Arbeit suchten, darauf gehofft, eines Tages eine große Rolle zu bekommen, die Hauptrolle zu spielen, an erster Stelle zu stehen, bevor es an die letzte Rolle geht, diejenige, die man sechs Fuß unter der Erde spielt, mit definitiv geschlossenen Augen und nur den Würmern als Partner. Doch durch ein Vorsprechen nach dem anderen, durch Fleiß und Ausdauer und auch, wie ich glaube, durch Talent, wurde ich, wie es so schön heißt, eines der »Mädchen, denen Männer gerne zusehen«.

Wie die anderen Mädchen erhielt auch ich Geschenke. Zuerst Pralinen, dann Broschen, Armbänder, Halsketten. Regelmäßig warteten in meiner Garderobe Blumensträuße auf mich – von Männern, die mich zum Essen einluden, nachdem sie ihren Ehering abgezogen hatten. Waren womöglich die Geschenke der Männer der Grund, weshalb ich nie daran dachte, mir einen Ehemann zu suchen? Welche treu ergebene Gattin erhält so viele Geschenke? Wenn der Mann bei der Arbeit ist und die Kinder in der Schule sind, wenn sie überall Staub gewischt hat – mit wem kann sie dann reden? Mit den Wänden?

Außerdem habe ich immer sehr gerne vor Publikum getanzt. Obwohl man, was den Beruf der Tänzerin betrifft, schon ins Grübeln gerät, wenn man sieht, wie die Männer in den ersten Reihen uns mit dem Opernglas mustern. Denn wenn es nur darum geht, sich dem Studium unserer Schönheitsflecken zu widmen, sind die Parkettplätze doch ein wenig teuer.

Und dann kommt der Tag, an dem man sich nach dem Abschminken lange im Spiegel betrachtet – Du hast die Szene sicher ein Dutzend Mal im Kino gesehen –, und man blickt sich um und sieht, was man seit Langem geflissentlich ignoriert hat: Die Blumen, deren Anwesenheit in der Garderobe so beruhigend wirkte, sind nicht mehr da. Ich habe mir also gesagt, dass es an der Zeit sei, andere Pläne zu machen. Da ich keine Unterhaltszahlungen zu erwarten hatte, verkaufte ich nach einer letzten Saison in der Radio City Music Hall, wo ich zu den Melodien von Cole Porter tanzte, ohne jedes Bedauern all meinen Schmuck und pachtete mir einen Blumenladen. Er liegt nicht weit entfernt von der Radio City Music Hall, aber die Entfernung, die mich von der Bühne trennt, erscheint mir doch ziemlich vernünftig.

Man kann nicht behaupten, dass es genauso angenehm ist, Blumensträuße zu binden, wie sie zu bekommen, aber ich begrüße jetzt das Tageslicht und kann *Good Morning* zur richtigen Tageszeit singen. Und auch wenn nichts besonders Aufregendes daran ist, Blumen zu gießen, so bin ich dabei immerhin viel weniger nervös als früher, wenn ich zum Vorsprechen beordert wurde.

Das ist die ganze Geschichte. Zumindest so viel davon, wie in einen Brief passt. Mehr wäre ein Roman, einer jener Romane, in denen man alles sagt, was man weiß. Und wie heißt es auf Jiddisch: »Man sollte lieber wissen, was man sagt, als alles sagen, was man weiß.«

Nachdem ich nun eine Familie wiedergefunden habe, hoffe ich, dass ich nicht erneut so lange auf einen weiteren Brief von Dir warten muss. Andererseits – seit ich Arthur Sheekman einmal erzählen hörte, dass er Harpo Marx dabei überrascht hatte, wie er einen fünf Jahre zuvor erhaltenen Brief beantwortete, weiß ich, dass im Nichtschreiben auch eine Art von Unschuld liegen kann. Hast Du eine Fotografie von Dir? Von Alex? Ich würde so gerne wissen, was für ein Junge aus ihm geworden ist. Und ich würde ihn so gerne in meine Arme schließen.

Ich umarme Euch alle drei.

Tante Esther

P.S. Da Du nach einem Foto gefragt hast, findest Du eins von mir in diesem Umschlag. Wie Du siehst, ist es nicht sehr neu. Es ist sogar alt, ich muss damals achtzehn gewesen sein. Es ist eines von denen, die ich lange Zeit an Theaterdirektoren geschickt habe. Denn hätte ich Dir eines von mir inmitten meiner Blumen geschickt, hättest Du Dich gefragt, wie ich es wohl geschafft habe, als Chorus Girl im Krieg die Moral unserer Truppen zu heben.

13

WIE SCHÖN UNSERE TANTE ESTHER mit achtzehn in ihrem geschlitzten Rock war!

Ihr Foto hängt jetzt über Alex' Bett, mit Reißzwecken an die Wand geheftet. Direkt neben dem Plakat, das ihm Zavatta geschenkt hat. Es stand ihm rechtmäßig zu.

Es hielt Alex nicht mehr auf seinem Stuhl, als er erfuhr, dass seine Tante in einem Film mit Harpo Marx mitgespielt hatte. Er rannte hin und her, als hätte er Bauchkrämpfe oder rasende Zahnschmerzen.

Den Marx-Virus hatte er sich schon als kleiner Junge eingefangen, als er *Die Marx Brothers im Kaufhaus* gesehen hatte, und er war nicht davon geheilt. *Die Marx Brothers im Kaufhaus* war just der Film, bei dem Esther, seine Tante, die Schwester seines Vaters, mitgewirkt hatte. Und obendrein hatte sie, genau wie er, von allen Brüdern Harpo am liebsten. Er war drauf und dran, mir vorzuwerfen, dass ich ihr so lange nicht geschrieben hatte, und weil er mehr erfahren wollte, verlangte er, dass ich ihr sofort antwortete. Plötzlich war er unglücklich, dass er im Gymnasium nicht ernsthaft genug Englisch gelernt hatte, um ihr selbst schreiben zu können – er ging in die achte Klasse –, und war zu allem bereit, etwa, an der Berlitz School Nachhilfestunden zu nehmen. Er wäre am liebsten in das nächste Flugzeug gestiegen, um seine Tante in New York zu besuchen, aber den Wunsch behielt er für sich und wartete auf einen geeigneteren Augenblick, um davon zu sprechen.

Ich fand problemlos eine Reihe von Fotos von Alex und mir. Neuere Fotos. Und da ich nicht wusste, welche Fotos sie von Leizer hatte, und ihr eine Freude machen wollte, ließ ich auch dasjenige Bild kopieren, auf dem er mit meinem Vater im Gras sitzt.

Während ich auf die Abzüge wartete, hatte ich genügend Zeit, über das nachzudenken, was offensichtlich Esthers größter Wunsch war: von Alex erzählt zu bekommen.

Dass ich ihr von ihrer gemeinsamen Liebe zu Harpo berichten würde, verstand sich von selbst, und Alex hatte mich ohnehin schon ermahnt, das nur ja nicht zu vergessen. Und dann war mir die Geschichte eingefallen, die wir in der Familie »die Froschgeschichte« nannten.

Damals hatte Bobe noch gelebt. Als Mama eines Tages von der Arbeit kam, war sie mitten in einen Streit geraten. »Bobe ist antisemitisch zu Fröschen!«, schrie Alex. Zuallererst hatte Mama ihm erklärt, dass man nur Juden gegenüber antisemitisch sein kann. Da Alex das Wort bis dahin nur aus Bobes Mund gehört hatte, hatte er geglaubt, es bezeichne ohne Unterschied alle, die andere nicht mochten. Menschen oder Tiere. Und da er in seinen zur Muschel geformten Händen offenbar etwas Kostbares hielt, verlangte Mama es zu sehen. »Das ist ein Babyfrosch«, sagte Alex, »er hat im Salat gesessen, und Bobe wollte ihn in den Mülleimer werfen.« Alex hatte im Wohnzimmer Hausaufgaben gemacht und gehört, wie Bobe einen Schrei ausstieß – und war gerade in dem Moment in die Küche gestürzt, als sie sich mit angeekelter Miene des Frosches entledigen wollte.

Ich war dazugekommen, als Alex erzählte, wie er den Frosch vor dem sicheren Tode errettet hatte, und hatte ihm geraten, er solle ihn in ein Glasgefäß setzen, wenn er ihn am Leben halten wolle. Bobe zuckte nur die Achseln, und Mama holte aus dem Küchenschrank eine Glasschüssel, in die ich etwas Wasser goss. »Ich gebe ihm meine Portion«, sagte Alex, als er sah, wie ich zwei Salatblätter hineinlegte. Danach setzte er den Frosch, der tatsächlich kaum drei Zentimeter maß, behutsam auf einem der Blätter ab.

Beim Abendessen hatte Alex die Salatschüssel auf dem Buffet nicht aus dem Auge gelassen. Er war glücklich – der Frosch hatte ein Zuhause gefunden – und zugleich besorgt – »er sucht doch bestimmt überall nach seiner Mama«. »Seine Mama sucht ihn bestimmt auch überall«, hatte Mama gerührt geantwortet, »es wäre sicher das Beste, ihn in seine natürliche Umgebung zurückzubringen.« Und sie hatte vernünftigerweise vorgeschlagen, ihn am nächsten Tag in den Jardin des Plantes zu bringen. So spazierten wir am nächsten Tag, einem Sonntag, vormittags durch den Jardin des Plantes, Mama und ich nebeneinander und zwei Schritte vor uns Alex, der die Salatschüssel in den Händen hielt, die wir mit einem durchlöcherten Papier abgedeckt hatten, damit der Frosch atmen konnte, und suchten einen Wärter. Einer von ihnen informierte uns dann, dass es tatsächlich nahe dem Eingang zur Menagerie einen Platz mit mehreren Sumpfbecken gebe, in denen sich einige Amphibien tummelten, wie Alex bald darauf voller Freude feststellte. Begeistert sah er zu, wie sie erst lange reglos verharrten und dann plötzlich unter Wasserlinsen verschwanden. An ihren Bewegungen war etwas Unberechenbares, das ihn faszinierte.

Der Wärter, der uns Auskunft gegeben hatte, hatte versichert, dass wir bei den Becken bestimmt Experten fänden, die uns gerne weiterhelfen würden. Es waren zwei, sie trugen Schirmmützen und plauderten. Einer der beiden, den die Salatschüssel neugierig gemacht hatte und der womöglich eine Entführung argwöhnte, kam auf uns zu.

»Das ist ein Babyfrosch«, sagte Alex sofort und zog das durchlöcherte Papier weg.

»Nein, das ist kein Baby mehr«, entgegnete der Mann gutmütig, »er ist schon fast erwachsen. Siehst du, er hat keinen Schwanz mehr. Er wird höchstens noch einen oder zwei Zentimeter wachsen. Was willst du mit ihm machen?«

»Wir wollen ihn in seine natürliche Umgebung zurückbringen«, antwortete Alex mit Mamas Worten.

»Das ist sehr gut. Komm, du kannst ihn selbst in ein Becken setzen, wo es noch mehr Wasserfrösche wie ihn gibt.«

Genau das tat Alex, den die Sachkenntnis des Mannes davon überzeugt hatte, dass ein Zusammenleben mit seinen Artgenossen für seinen Frosch weniger langweilig wäre als ein Leben ohne Zukunft in einer Salatschüssel.

Doch erst nachdem er erfahren hatte, dass ein Frosch Sprünge vom Zwanzigfachen seiner Körpergröße machen kann, im Durchschnitt zehn Jahre lebt und, vor allem, dass er ihn besuchen durfte, ließ er sich endlich zum Aufbruch bewegen. Auf dem Rückweg mussten wir allerdings noch in die Buchhandlung im Jardin des Plantes gehen und ihm ein Buch über Frösche kaufen, auf dessen Einband ein Wasserfrosch prangte, der eine blaue Libelle verschlang.

Die Geschichte habe ich Esther erzählt. Ich habe sie erzählt, so gut ich konnte. Andere drängten sich dazwischen oder fielen mir zwischendurch ein, durch Assoziationen oder einfach, weil sie von Alex handelten, aber mir schien, dass die Froschgeschichte, wenigstens für den Anfang, am meisten über ihn aussagte.

Lieber Bernard,

welch ein Schock! Welch ein Schock, als ich das Foto von Alex erhielt. Als ich Dir nach Deinem ersten Brief schrieb, dass ich eine Familie wiedergefunden hätte, wusste ich noch nicht, wie sehr das zutreffen würde. Jetzt, mit seinem Bild vor mir, begreife ich es wirklich. Wie kann ein Sohn seinem Vater so sehr ähneln? Alex ist exakt im selben Alter wie Leizer, als ich aus Polen wegging, und mir ist, als sähe ich ihn vor mir, ohne dass sein Gesicht die Spuren der vergangenen Jahre trüge. Obwohl Leizer schon bei unserem Vater arbeitete, waren er und ich noch Kinder, und in den ersten Jahren haben wir uns oft geschrieben. Wir hatten uns so viel zu erzählen. Bis auf die Ermahnungen. Die schrieb Leizer, aber unsere Mutter diktierte sie. Bis zu dem Tag, an dem ich nichts mehr von ihm hörte. Dem Tag, an dem die Deutschen in Polen einmarschierten. Aber das weißt Du ja alles.

Wenn ich von Familie spreche, dann von der, die ich zurückgelassen habe, denn hier in Amerika gab es ja Max, meinen Onkel Max, der sich so gut um mich gekümmert hat. Aber bei ihm war es etwas anderes. Er hat am Ende seines Weges einen Friedhof gefunden, und einen Grabstein, auf den ich an Jom Kippur drei Steinchen lege. Er ist vor drei Jahren gestorben. Er war fünfundsechzig. Er hatte spät eine ehemalige Tänzerin der Ziegfeld Follies geheiratet, die er aber erst kennenlernte, als sie bei *Lindy's* Kellnerin geworden war. *Lindy's* war ebenfalls ein Deli, berühmt für seinen Cheesecake und seinen Gefilte Fisch, aber nicht nur dafür. Bis in die frühen Morgenstunden traf man dort alles, was der Broadway an Stars und Berühmtheiten zu bieten hatte, aber auch fragwürdigere Gestalten: professionelle Kartenspieler, Buchmacher und berüchtigte Gangster. Für Lucy war Max der perfekte Ehemann. Für sie gab er mit vollen Händen Geld aus. Wie zu ihren ruhmreichen Zeiten trug sie wieder Ringe und Armbänder. Natürlich schmiedeten sie keine Pläne, wie man das mit zwanzig tut. Sie lebten in den Tag hinein und sagten sich, dass dieses Leben zu zweit schön war, und weil es so schön war, hofften sie, es würde ihnen noch eine Weile erhalten bleiben. Mit Lucy an seinem Arm war Max so glücklich und stolz wie an dem Tag, an dem er seinen ersten Anzug bei Milgram Brothers anprobiert hatte, und mit ihr waren seine Nächte süßer.

Als er krank wurde, verhielt sich Lucy vorbildlich. Sie war hingebungsvoll, aufmerksam, immer an seiner Seite, und sie war es auch, die ihm die Augen schloss, denn bis zum Ende hat sein Blick auf ihr geruht.

Nach Max' Tod haben Lucy und ich uns häufig gesehen. Sie erzählte mir von ihren Erfahrungen.

»Solange ich die Beine in die Luft schwingen konnte«, sagte sie, »sah ich keine Notwendigkeit zu heiraten, dabei sollte man es gerade dann tun. Solange man die Wahl hat. Und man sollte sich immer fragen, ob einen jemand vermissen würde, wenn man von der Bühne abtritt. An dem Tag, an dem ich meine Freunde aus Theaterkreisen zählte, wurde mir klar, dass ich nicht vielen fehlen würde. Da habe ich die Bühne verlassen und bei *Lindy's*, wo ich Bekannte hatte, als Kellnerin angefangen. Und dann kam Max, und dank ihm habe ich alles kennengelernt, was eine Frau in ihrem Leben kennenlernen kann.«

Seitdem wünscht mir Lucy, dass eines Tages ein Mann in meinen Laden und mein Leben tritt, und zwar nicht, weil er einer von denen Blumen schenken will, die auf der anderen Seite der Avenue ihre Beine noch in die Luft schwingen können.

Aber ich beklage mich nicht. Ich führe ein ruhiges Leben. Und seit Deine Briefe von der anderen Seite des Ozeans kommen, weiß ich, dass in Frankreich eine Familie lebt, zu der ich gehöre. Und wenn ich außerdem noch höre, dass Harpo Marx Alex' Lieblingsschauspieler ist, kommt es mir vor, als sei er gleich zweimal mein Neffe. Und da er sich Neuigkeiten von der Familie Marx wünscht, so sage ihm, dass Chico leider im vergangenen Jahr mit vierundsiebzig gestorben ist. Dass Groucho eine erfolgreiche Fernseh-Show moderiert. Was Harpo betrifft, so lebt er zurückgezogen mit seiner Familie in Palm Springs. Sag Alex auch, dass ich ihm mit der nächsten Post das Buch mit Erinnerungen schicken werde, das Harpo vor Kurzem veröffentlicht hat. Es ist in einer einfachen, geradlinigen Sprache geschrieben, die ihm helfen wird, echte Fortschritte im Englischen zu machen.

Nun muss ich auf Deine anderen Fragen antworten.

Ja, ich habe in einem weiteren Film mitgespielt. In *Der große Ziegfeld.* Aber darin würdest Du mich auch nicht erkennen. Wir waren zu viele. Der Film wurde mit einem sehr großen Budget gedreht und erhielt in Hollywood drei Oscars. Wir wurden sehr gut bezahlt. Viel besser als im Theater, aber wie ich Dir schon gesagt habe, hat es mir immer am meisten Freude gemacht, vor einem anwesenden Publikum zu spielen und zu tanzen. Es kam sogar vor, dass mein Publikum am Ende der Vorstellung die Hüte in die Luft warf. Denn Du musst wissen, dass hier in Amerika Hüte auch dazu dienen: seiner Freude Ausdruck zu verleihen. Beim Filmset dagegen gehen die Techniker, sobald sie »Aus!« hören, zur nächsten Einstellung über, ohne ihre Mütze abzunehmen.

Du hast mich auch gefragt, wer Sophie Tucker ist. Also: Da Du von den amerikanischen Sängerinnen erzählt hast, die Du magst, höre Dir Judy Garland an und gleich danach Bessie Smith. Stell Dir dann eine Stimme vor, die genau zwischen den beiden liegt, und Du hast eine annähernde Vorstellung davon, wer Sophie Tucker ist. Gäbe ich der Versuchung nach, Dir zu beschreiben, wie *sie A Yiddishe Mame* singt (was sie immer zuerst auf Jiddisch und dann auf Englisch singt), wäre das Papier, auf dem ich schreibe, nass von Tränen. Ich habe die Schallplatte hier, aber seit einigen Jahren höre ich sie nicht mehr. Ich kann es nicht. Sie ist da, sorgfältig verstaut, und das ist gut so. Sophie Tucker, die mit richtigem Namen Sonia Kalish hieß, wurde 1884 in Russland geboren, aber sie singt *The Man I Love* oder *After You've Gone*, als wäre sie »made in Harlem«. Lucy, die bei einer ihrer Shows aufgetreten war, erzählte mir einmal, was Sophie Tucker gerne zum Thema Showgirls sagte: »Von ihrer Geburt bis zum achtzehnten Lebensjahr braucht ein Showgirl gute Eltern. Von achtzehn bis fünfunddreißig braucht sie ein angenehmes Äußeres. Von fünfunddreißig bis fünfundfünfzig braucht sie Geld.« Und dann fügte sie, die schon mit zwölf als Vaudeville-Schauspielerin am Broadway angefangen hatte, gerne hinzu: »Ich war reich, und ich war arm ... Glauben Sie mir, reich sein ist besser.«

Dann hast Du mich gefragt, ob ich die Absicht hätte, eines Tages nach Paris zu kommen. Was soll ich sagen? Ja, natürlich, das würde ich gerne. Aber es ist noch zu früh, um daran zu denken. Und dann –

wer würde sich während meiner Abwesenheit um die Blumen kümmern?

Und übrigens: Warum kommt Ihr nicht hierher, Alex und Du? Ich könnte Euch endlich an mein Herz drücken, und Du wirst sehen, seit ich nicht mehr tanze, ist da viel Platz.

So viel für heute. Hier beende ich meinen Brief, für den ich meine beiden Hände gebraucht habe. Eine für den Stift und eine für das Taschentuch.

Ich umarme Dich, mein lieber Bernard, und vergiss nicht, Alex und Deine Mama ganz fest von mir zu umarmen.

Tante Esther

P.S. Was für eine hübsche Geschichte, die vom Wasserfrosch! All meine Freunde erzählen sie sich inzwischen untereinander.

14

»WENN DU MAGST, könntest du vielleicht Bobes Schlafzimmer wieder übernehmen«, hatte meine Mutter gesagt.

Das war vor einem Jahr, und das Jahrzeit-Licht, das feierlich an den ersten Jahrestag des Todes meiner Großmutter erinnerte, war gerade erloschen. Seitdem schlief ich nachts dort, so wie Bobe kurz nach der Geburt von Alex.

Ich lag noch im Bett, als ich hörte, wie es an der Tür klopfte. Es war Alex. Er sagte, ein Monsieur Giraud habe für mich angerufen.

»Er hat seine Nummer hinterlassen. Du findest sie neben dem Telefon«, rief er mir durch die Tür zu. »Ich gehe ins Schwimmbad.«

Robert Giraud hatte ich im *Chez Moineau* kennengelernt, einem Cabaret in der Rue Guénégaud.

Seit den Dreharbeiten ging ich ab und zu dorthin, um Louis Florencie singen zu hören, der am selben Tag wie ich in einer kurzen Szene in *Jules und Jim* mitgewirkt hatte.

Als ich das erste Mal das *Chez Moineau* betrat, wusste ich nicht, ob er mich wiedererkennen würde. Und als er dann ein Chanson von Bruant anstimmte und sich mir mit der Andeutung eines Lächelns zuwandte, wie um mich zu grüßen, hatte ich mich gefragt, worüber wir uns am Drehtag eigentlich genau unterhalten hatten.

Neben den Chansons von Bruant, die ich von ihm kannte, sang er mehrere Chansons von Gaston Couté, dem antimilitaristischen Verfasser von *La Chanson du gâs qui a mal tourné.* Florencie trank einen Schluck Wein, dann stimmte er *Où est-il donc?* an, das Chanson, das die Chansonsängerin Fréhel in *Pépé le Moko* gesungen hatte. Schließlich räumte er seine Gitarre beiseite, bestellte ein weiteres Glas, setzte sich neben mich, und wir unterhielten uns.

Robert Giraud verbrachte den Abend ebenfalls regelmäßig im *Chez Moineau.* Eines Abends löste er sich vom Tresen, trat mit einem Glas Rotwein in der Hand auf uns zu und setzte sich an unseren Tisch, wo Florencie uns einander vorstellte. Girauds Namen kannte ich bereits, weil ich ihn gelesen hatte. In *Paris insolite* von Jean-Paul Clébert. Das Buch war ihm und dem Fotografen Robert Doisneau gewidmet. Clébert hatte über Giraud geschrieben, er sei der größte Kenner gesellschaftlicher Randfiguren in Paris. Der halb-amüsierte, halb-besorgte Blick, den er auf meinen Obstsaft warf, ließ mich zögern, mein Glas zum Anstoßen zu erheben, und ich dachte mir, dass wir ohne die freundschaftliche

Anwesenheit von Florencie vielleicht nie Bekanntschaft geschlossen hätten.

Robert Giraud mochte Geschichten. »Mein Laster ist, dass ich Geschichten mag«, pflegte er zu sagen.

Er war ein Fachmann fürs Zuhören, immer abkömmlich, immer einen Ellbogen auf der Theke, und er mochte Geschichten aus erster Hand, Geschichten von denen, die behaupteten, sie selbst erlebt zu haben. Denn wie Giraud deutlich machte, waren es bisweilen mehrere, die dieselbe Geschichte für sich beanspruchten. Und wenn er sagte, dass er nie dem Vergnügen eines Gesprächs hatte widerstehen können, so wünschte man sich, ihm, bei dem die Nase den Augen dabei zu helfen schien, in alle Richtungen zu sehen, überallhin zu folgen, wo er nur aufmerksam zu sein brauchte, um zu sehen und zu hören.

Als Giraud gegangen war, erzählte mir Florencie, er sei es gewesen, der Giraud eines Abends angestiftet hatte, Chansons von Fréhel zu singen.

»Giraud hatte Fréhel in ihren letzten Jahren kennengelernt. Sogar erst in ihren letzten Monaten. Zusammen mit einem Freund, Pierre Mérindol, ein Journalist und ehemaliger Philosophielehrer, glaube ich, hatte er in der Rue du Cardinal-Lemoine ein altes Musettelokal ausfindig gemacht, das immer noch die rot gestrichenen Wände von früher hatte. Auch die Tische und Bänke waren noch ans Parkett geschraubt, wegen der Schlägereien. Am Anfang haben sie einen Ballsaal daraus gemacht, mit drei Musikern oben auf einem Podium. Es war kein Ausflugslokal, wie das, was dein Freund in Belleville gefunden hat, es war eher für Samstagabend als für Sonntagnachmittag, aber es zog viele Leute an, und alle waren zufrieden. Um ein bisschen mehr Gefühl da reinzubringen, sind sie eines Tages zu Fréhel gegangen und hatten keine allzu großen Schwierigkeiten, sie davon zu überzeugen, dort zu singen. Sie war strahlend, wie Mérindol sagte, und wenn Giraud davon redet, nennt er sie immer ›Fréhel die Große‹.«

»Was ist aus dem Musettelokal geworden?«

»Es ist geschlossen. Dabei lief es recht gut, glaube ich, aber soweit ich verstanden habe, hatten die Besitzer wohl eine etwas finstere Geschichte mit dem Milieu, und eines Tages wurde das Etablissement geschlossen. Aber das ist mehr als zehn Jahre her, Fréhel ist ja '51 gestorben.«

Seitdem ging ich auch wegen Robert Giraud ins *Chez Moineau.* Er hatte gesagt: »In einem Bistro muss ich nicht reden, nur zuhören.«

Giraud war Geschichteneinsammler. Er sammelte sie an den Theken ein und bewahrte sie in sich, um sie lebendig zu erhalten. Dann erzählte er sie seinerseits. Aber besser. Man findet sie in *Le Vin des rues,* einem Buch, das er vor ein paar Jahren geschrieben hat. So werden sie ihre Schöpfer überleben.

Im Allgemeinen verließ ich *Chez Moineau* kurz nach Mitternacht, gelegentlich mit Giraud, der die Nacht in den Markthallen beenden würde, und wir überquerten die Seine gemeinsam auf dem Pont-Neuf. Von dort lief ich schnell zum Châtelet, um die letzte Metro zu erwischen, die ich manchmal verpasste. Dann ging ich zu Fuß durch die Rue de Rivoli, die Rue Vieille-du-Temple und die Rue des Filles-du-Calvaire nach Hause zurück. Oder die Rue des Archives, die Rue des Francs-Bourgeois und über die stille Place des Vosges, um mal eine andere Strecke zu gehen.

Das *Café de la Poste.* Es lag nicht weit vom Châtelet, und Robert Giraud begann seine Runde immer dort. Ein paar Mal habe ich meine letzte Metro absichtlich verpasst und ihn begleitet. Das *Café de la Poste*, ein Café mit langer Theke, ist ein bisschen das Stellenvermittlungsbüro für all jene, die auf die Lastwagenfahrer warten, die mit ihren Ladungen zu den Markthallen kommen. Für ein paar Francs oder im Austausch gegen zwei, drei Blumenkohlköpfe und ein dickes Bund Lauch wurden die Laster abgeladen und dann die Obst- und Gemüsekisten gestapelt. Giraud hatte das vor langer Zeit zusammen mit Fifi dem Zigeuner gemacht, einem Original, von dem er mir viel erzählt hat.

»Es gibt keinen besseren Ort für einen Einzelgänger als das Bistro«, erklärte Giraud und bestellte ungefragt zwei Rote. »Hier hört man immer etwas, in das man sich einmischen und mit dem man Kontakt aufnehmen kann.

Aber man muss regelmäßig kommen. Denn was trinken geht besser an einem Ort, wo man sich mit Namen kennt. Da fühlt man sich wohler. Aber es gibt auch Leute, die man nie wieder trifft. Sie sind eine Weile da, am selben Platz, und dann, eines Tages, nicht mehr. Davongetragen, man weiß nicht wohin. Ausgelöscht. Man erinnert sich gerade noch an den Namen, den man ihnen gegeben hat.«

Die Telefonnummer, die Robert Giraud mir hinterlassen hatte, war die des *Corona*, des großen Cafés am Quai du Louvre; auf der anderen Straßenseite betrieb seine Frau einen Bouquinistenstand. In dem Bestreben, mir Kenntnisse zu vermitteln, lud er mich für den Tag darauf, einen Sonntag, zu einem eigentümlichen Schauspiel ein und verabredete sich mit mir im *Canon d'Or*, in der Rue Lécuyer, beim Flohmarkt von Saint-Ouen.

Im *Canon d'Or* in Saint-Ouen unterschieden sich die Gespräche kaum von jenen, die in den Bistros im Zentrum von Paris geführt wurden. Bis auf die Besonderheit, die den Ort charakterisierte, dass die Kommentare sich unvermeidlich auf das bezogen, was draußen verkauft und gekauft wurde.

»Gehen wir uns die Attraktion ansehen«, sagte Giraud, nachdem er ein Glas Wein getrunken und ein paar Hände geschüttelt hatte.

Auch wenn Giraud innerhalb eines bestimmten Gebiets an unterschiedlichen Orten Station machte, so verließ er doch nie seine gewohnten Wege. Und wenn er gelegentlich einmal fernsah, wunderte er sich über das Bedürfnis der Menschen, ans Ende der Welt zu reisen, wo es doch um einen herum so viel zu entdecken gab. »Überall gibt es immer eine Spezialität oder Attraktion des Hauses, die es noch interessanter macht«, wie er sagte.

Wir gingen nebeneinander zu jenem Café, in dem uns die angekündigte Attraktion erwartete, über die er mir aber nichts weiter gesagt hatte. Das Café war nicht weit weg: in der Rue du Plaisir, und ich sollte bald erfahren, wie verheißungsvoll der Name war.

»Da sind wir«, erklärte Giraud und stieß die Tür auf.

»Wir haben nur noch auf Sie gewartet, um zu beginnen«, sagte Monsieur Blaise, der Wirt des Etablissements, zur Begrüßung.

Gleich hinter uns zog er den Türknauf ab, was »ausverkauft« bedeutete, aber zugleich auch etwas Rätselhaftes, etwas Geheimes, an der Grenze zum Halb-Legalen hatte.

Das Café war rechteckig, mit einer Theke, die sich nicht im hinteren Teil befand, wie so oft, sondern links. Alle Tische waren nach rechts geschoben worden.

Dazwischen, mit dem Rücken zur Wand, gegenüber von einem einzelnen Mann in Arbeitskleidung, saßen fast fünfzig Personen in drei Reihen, wie ein Chor, der sich für ein Konzert bereit macht. Die spezielle Klientel, von der man sich fragen konnte, wie sie wohl dort hingefunden hatte, da ihre Kleidung einen gewissen Wohlstand bezeugte, bestand fast ausschließlich aus Frauen.

»Ich werde das verehrte Publikum um ein wenig Ruhe bitten, damit Monsieur Raymond, den Sie hier sehen, beginnen kann«, verkündete Monsieur Blaise und legte dem einzelnen Mann die Hand auf die Schulter. »Ich werde die Herrschaften auch bitten, nicht zu fotografieren.«

Als Stille eingetreten war, ging Monsieur Blaise hinter die Theke und kam mit einem Metalleimer zurück, gefüllt mit zehn Litern Wasser. Er ließ den Inhalt von den Damen in der ersten Reihe, für die er ein paar Stühle vorgeschoben hatte, überprüfen, bevor er den Eimer zu Füßen des Mannes, Monsieur Raymond, abstellte, der noch immer nichts gesagt hatte.

Jedem seine Aufgabe.

»Bleiben wir neben dem Eingang«, sagte Giraud, der sich mit dem Ellbogen auf die Theke stützte, »von hier sehen wir am besten, was es zu sehen gibt.«

Irritiert und ohne die geringste Vorstellung davon, was es zu sehen geben würde, außer dass es ungewöhnlich sein würde, blieb ich neben ihm stehen, wenn auch etwas überrascht, da man von dieser Stelle aus Monsieur Raymond nur von hinten sah. Und ich war absolut verdutzt, als Monsieur Blaise, der sich noch immer an das Publikum wandte, eine oder zwei Freiwillige bat, ihre Röcke zu heben.

Zwei Frauen, die sichtlich in keiner Weise überrascht waren und sich spontan von ihrem Sitz erhoben, kamen der Aufforderung sofort nach, bald von einer dritten gefolgt. Und noch zwei weiteren. Und sehr rasch, obwohl man um so viel gar nicht gebeten hatte, sicher durch einen Effekt des Wetteiferns, wurden die Schlüpfer sichtbar. Weiß und Rosa. Einer mit Spitzen verziert. Einer der Damen, der letzten, die sich von ihrem Sitz erhoben hatte, war ihre Handtasche im Weg, und sie reichte sie einem Herrn hinter sich, sicher ihrem Mann, der vor Verlegenheit schweißnass sein musste.

Da ließ Monsieur Raymond die Hose fallen. Und dann, mit heruntergelassener Hose, die Mütze fest auf dem Kopf, in einem Hemd, das ihm kaum über den nackten Hintern reichte, die Arme weit ausgebreitet, beugte er für einen kurzen Moment die Knie und richtete sich mit dem Eimer voll mit den zehn Litern Wasser langsam wieder auf.

Und unter den eingeschalteten Neonröhren erkannte ich in den Blicken der Zuschauerinnen, woran sie teilnahmen.

Eine von ihnen, die sitzen geblieben war, stand auf, wie man aus Höflichkeit aufsteht, und trat, während sie ihren Rock zur Unzeit anhob, neugierig wippend von einem Fuß auf den anderen. Eine andere nahm fast tastend ihren Platz wieder ein, mit abwesendem Blick. Später würde sie einen stärkenden Cognac bestellen. Wieder eine andere hörte nicht auf, etwas Unbestimmtes zu murmeln, während der Mann, der Gegenstand all der Blicke war, aus seiner Brusttasche eine Maispapierzigarette zog, die er sich mit einem Feuerzeug anzündete.

Es war meisterhaft.

Als guter Organisator ließ Monsieur Blaise das Publikum nicht aus den Augen. Eine Dame in strengem Kostüm näherte sich Monsieur Raymond, der sich nicht rührte. Ich warf einen Blick zu Monsieur Blaise, der über die plötzliche Nähe sichtlich beunruhigt war. Aber es gab keinen Anlass zur Beunruhigung. Die Dame kam nur, um einen Geldschein in den Eimer zu legen.

»Wenn das vorkommt, ist es immer ein großer Schein«, erklärte Monsieur Blaise uns später. »Sie sind der Meinung, was sie gesehen haben, verdiene mehr als den Eintritt, den sie gezahlt haben. Und da sie über die Mittel verfügen … Die Luxusautos, die am Ende der Straße warten, die gehören ihnen, davon können Sie sich überzeugen. Das Blöde mit den Scheinen ist nur, dass man sie nachher trocknen muss. Aber das ist die Arbeit von Madame Blaise.«

»Zu Beginn hatte das Ehepaar Blaise Exzesse gefürchtet«, vertraute Giraud mir an, »ja sogar Ohnmachten. Man weiß ja nie. Aber ohnmächtig zu werden hätte bedeutet, das Vergnügen zu verpassen.«

Nachdem Monsieur Raymond Vergnügen bereitet hatte, stellte er den Eimer wieder ab, wie er ihn hochgehoben hatte, indem er die Knie beugte. Er zog die

Hose wieder hoch und ging zur Theke, wo er den erloschenen Zigarettenstummel in einen Werbeaschenbecher legte. Madame Blaise, die nach beendeter Vorstellung aus ihrer Küche gekommen war, übergab ihm einen dicken Umschlag, zu dem sie ihm einen Kaffee mit Schnaps servierte. In dem Dank, den er Madame Blaise sagte, lag die Demut derer, die nie auf eigene Rechnung gearbeitet haben. Und da er kein Mann großer Reden war, schüttelte er seinen Arbeitgebern die Hand, sagte: Bis nächsten Sonntag, und verschwand in den Straßen von Saint-Ouen.

»Raymond hat am Anfang ein Fixum bekommen«, erklärte uns Monsieur Blaise, der Raymonds Abgang kommentierte. »Aber seitdem das Publikum aus feiner Gesellschaft besteht, hat er gebeten, fifty-fifty bezahlt zu werden. Das ist für ihn lukrativer. Aber im Grunde ist das ja normal. Immerhin ist er es, der die Hose runterlässt. Außerdem haben Madame Blaise und ich keinen Grund zur Klage, denn die Getränke sind nicht im Eintritt inbegriffen.«

Ich sah mich suchend nach der Dame um, die einen Cognac bestellt hatte. Sie hielt ihr Glas in der Hand, hatte den Blick noch immer anderswo und schien nicht von diesem verzauberten Sonntag loszukommen.

»Das Publikum besteht aus drei Reihen à fünfzehn Personen«, fuhr Monsieur Blaise fort. »Mehr geht nicht. Schon gar nicht, seitdem ich Stühle hingestellt habe. Das musste sein, weil es immer welche gibt, die sich setzen müssen, wenn der Raymond seinen Garderobenständer auspackt. Deswegen denken Madame Blaise und ich über eine zweite Vorstellung nach. Auf die Weise gäb's genug für alle. Wir hätten gern den Samstag, aber Raymond zieht Sonntagnachmittag vor, dann bräuchte er nicht zwei Mal herzukommen.«

»Wohnt er weit weg?«

»In der Nähe von Lagny. Nicht besonders weit, aber kompliziert, herzukommen. Und außerdem ist er nicht allein. Er hat eine Frau, die er sehr unter Verschluss hält.«

»Also seine Frau, die Frau von Monsieur Giraud, na, ich wüsst niemanden, der die schon mal gesehen hätte«, mischte sich Madame Blaise ins Gespräch ein.

»Und die hochgehobenen Röcke?«

»Das ist eine Idee von Monsieur Blaise«, fuhr Madame Blaise fort. »Monsieur Raymond sagte, er bräuchte das alles nicht, aber es freut die Damen, weil jede denkt, sie wäre der Grund für die Großtat.«

»Ob er all die kleinen Schlüpfer sehen muss, um sein Talent zu entfalten?«, fuhr Monsieur Blaise fort. »Ob sie rot sind oder grün oder blau, meiner Ansicht nach spielt das keine Rolle. Das funktioniert vor allem im Kopf. Nein, die hochgehobenen Röcke sind nur für die Vorstellung. Und außerdem ist es schmeichelhaft für die Damen.«

»Sie sollten sich zur Music-Hall umwidmen lassen«, scherzte Giraud.

»Lachen Sie nicht, irgendwann hatten wir sogar dran gedacht, Akkordeonmusik dazuzunehmen.«

»Das wäre schade gewesen. Ich finde, mit der Stille ist das schön.«

»Ganz recht, Monsieur Giraud. Das ist wie im Zirkus. Haben Sie es bemerkt? Kurz bevor die Trapezkünstler zwanzig Meter über dem Boden ihre gefährlichen Sprünge machen, hört alles auf. Die Musik, alles. Nur noch Stille. Das lässt den Ahhs! allen Raum. Eines Tages war da eine Dame, die in die Stille sagte: My God! Ich weiß nicht, was der liebe Gott darin zu suchen hat. Sicher war sie Amerikanerin. Na, wie lange das geht, kann man nicht wissen. Das wird wie beim Boxen sein, es wird eine Altersgrenze geben. Glauben Sie nicht?«

Nach einer absichtsvoll ausweichenden Geste von Robert Giraud redete Madame Blaise weiter:

»Meiner Meinung nach hat er noch schöne Zeiten vor sich, denn einstweilen ist sein Geschenk der Natur eine sichere Einnahmequelle.«

»Und dann muss man auch noch etwas anderes sagen, ich weiß nicht, was Sie darüber denken, aber ich denke, Monsieur Raymond ist ein Wohltäter der Menschheit. Denn die Damen«, und hier senkte Monsieur Blaise die Stimme, »da wette ich mit Ihnen um den Aperitif, von denen verbringt keine Einzige den Sonntag allein. Ich hab immer gedacht, allein bleiben mit so einer Erinnerung im Kopf, wenn sie hier weggehen – das wär nicht gut für ihre Gesundheit.«

»Ja, das ist eine noble Geste von ihm«, schloss Madame Blaise.

Nachdem die Röcke wieder zur ihrer gewöhnlichen Länge zurückgefunden hatten, leerte das Bistro sich nach und nach. Monsieur Blaise hatte die Tür wieder aufgeschlossen und deutete mit einer Kopfbewegung auf die »Tangotänzer«, wie er sie nannte, die erfahren hatten, was in seinem Bistro passierte, und an der Ecke der Rue Lécuyer auf und ab gingen.

Auf dem Rückweg zeigte ich mich Giraud gegenüber verwundert, dass ich Madame Blaise erst entdeckt hatte, nachdem die Attraktion vorbei gewesen war.

»Sie nimmt nie teil. Es ist zwar ein Geschäft, aber das schließt das Schamgefühl nicht aus. Sie bleibt in ihrer Küche bei den Abrechnungen und kommt erst dann mit dem Umschlag, wenn alles vorbei ist.«

Wir trennten uns vor dem *Canon d'Or*, wo Giraud noch ein paar Hände zu schütteln hatte. Es war zu früh, um ins *La Chope des Puces* zu gehen. Die Musiker kamen erst am Nachmittag. An der Porte de Clignancourt nahm ich die Metro und dachte über die Abenteuer nach, die Giraud so sehr anzogen und inspirierten. Als ich ihn, bevor wir uns trennten, gefragt hatte, was man davon halten solle, hatte er nur gesagt: »So etwas kann man nicht erfinden.«

15

»Ein in Polen geborener Schneider hat eine Tochter, auf die er sehr stolz ist. Sie hat ihr Examen als Gymnasiallehrerin geschafft und unterrichtet französische Literatur. Jetzt, wo unser Schneider im Ruhestand ist, liest er viel. Viele Bücher auf Französisch, aber vor allem auf Jiddisch.

Neulich hat er seine Tochter gefragt: ›Hast du *Der Totschläger* von Zola gelesen?‹

›Ja, natürlich.‹

›Aber hast du es auf Jiddisch gelesen?‹

›Nein …‹

›Das war ein Fehler. Auf Jiddisch muss man das lesen!‹

Die Geschichte sollte lediglich die Schönheit der Muttersprache verdeutlichen, ganz gleich, wo wir geboren sind.«

Seit ich Pierre Dumayet im Fernsehen diese Geschichte habe erzählen hören, sehe ich mir, wann immer ich kann, »Lectures pour tous« an, die Sendung, die er mit Pierre Desgraupes zusammen macht.

So habe ich vergangenen Mittwoch mit Interesse das Gespräch verfolgt, das er mit Roger Vailland über dessen Buch *Le Regard froid*, *Der kühle Blick*, führte. Das Buch enthält Texte, die zwischen 1945 und 1962 entstanden sind. Dem Gespräch verdanke ich, dass ich es gekauft habe. »Kann man wirklich alles mit kühlem Blick betrachten?«, fragte Dumayet. »Ich glaube, dass man alles mit kühlem Blick betrachten kann, selbst den Tod«, erwiderte Vailland. »Für mich ist ein Mensch mit kühlem Blick derjenige, der ein für alle Mal anerkannt hat, dass das Leben einen Anfang und ein Ende hat, der sich weigert, Angst vor dem Tod zu haben, und ihn als das natürliche Ende des Lebens betrachtet.«

Es gibt nur ein Hindernis, dachte ich, als Vailland ankündigte, er werde dem Thema weitere Essays widmen – und zwar, wenn der Tod uns zu früh ereilt.

Daran musste ich erneut denken, als ich das Buch gekauft und gelesen hatte. Bereits im Vorwort bekundete Vailland die Absicht, sich noch einmal ans Werk zu machen, »wenn ich in einem Alter, in dem die Fantasie versiegt und die Genusssucht abgestumpft ist, alle Zeit der Welt zum Philosophieren haben werde«.

Diese Fernsehsendung – »Lectures pour tous« mit dem *Totschläger* auf Jiddisch – hatte ich mir angesehen, weil sie nach einer Unterhaltungssendung kam, in der Joël Holmès gesungen hatte. Wie Robert war auch Joël Betreuer in Tarnos gewesen. Ich glaube, dort hatte er seine ersten Lieder zur Gitarre komponiert. Auch er hatte mehrere Berufe ausgeübt: Elektriker, Handelsvertreter und andere. Später hörte ich ihn mir im *Café de l'Écluse* an, dem Cabaret am Quai des Grands-Augustins. Noch etwas später hatte er über mehrere Wochen im Variété-Theater *A.B.C.* den ersten Teil eines Konzerts von Amália Rodrigues bestritten. Mit einigen anderen Ehemaligen der Ferienkolonie, die stolz darauf waren, Joëls Namen in Leuchtschrift zu lesen und ihn persönlich zu kennen, beschlossen wir, ihn nach dem Konzert zu überraschen und am Bühneneingang auf ihn zu warten. Wir warteten vergebens. Joël hatte die Garderobe in der Pause verlassen.

Meine Mutter saß dicht neben mir, als er während der Sendung *Jean-Marie de Pantin* sang. Und als sie hörte: »Mais il arrive qu'un beau soir / On dis je t'aime sans y penser / Et ça fait mal à n'y pas croire / Cette voix qui vient du passé / … Hier c'etait hier / Aujourd'hui c'est demain / Il faut qu'on s'aime bien / Pour hier, pour demain«, »Aber es kommt ein Abend / da sagt man ›Ich liebe dich‹, ohne es zu denken / und das tut unglaublich weh / diese Stimme aus der Vergangenheit / … Gestern war gestern / Heute ist morgen / Man muss sich mögen / Gestern wie morgen«, da sah ich, dass sie nichts von ihren Liebesgeschichten vergessen hatte.

Auch Alex hatte angefangen, Gitarre zu spielen. Nicht wegen Joël. Wegen Louis Florencie, dem ich ihn vorgestellt hatte. Und Alex, der bis dahin nur auf Brassens geschworen, der aus vollem Halse *Von der schiefen Bahn* gesungen hatte, der mir für alle Musik der Vergangenheit verschlossen schien, fragte sich auf einmal, wer denn dieser Typ war, dieser Bruant, der vor über sechzig Jahren all die Chansons komponiert hatte. Am nächsten Tag war er zu Martin Cayla gegangen, einem Musikhändler im Faubourg Saint-Martin, um eine Chansonsammlung von Bruant zu kaufen, die er konsumierte, wie man Alkohol konsumiert, ohne sich im Mindesten dafür zu interessieren, warum diese Chansons nicht in Vergessenheit geraten waren. Und unter Bruants Einfluss entstand sein Wunsch, Geschichten in Form von Musik zu erzählen. Kaum war er aus der Schule zurück – er besuchte inzwischen die neunte Klasse des Lycée Voltaire – und hatte noch schnell etwas gegessen, verzog er sich in sein Zimmer und stürzte sich in die Musik. Noch nie zuvor hatten wir ihn mit einer solchen Leidenschaft arbeiten sehen. Wenn er seine wechselnden Akkorde anschlug, schien er seiner Gitarre Fragen zu stellen und auf Antworten zu lauern, und schließlich antwortete sie auch. Was ich eines Tages durch die Tür hindurch hörte, war das Folgende:

»Si je dis que j'n'en sais rien
C'est plutôt qu'je l'sais trop bien.
C'est en l'an quarante-deux
Qu'il est parti avec ses vieux.«

(Und wenn ich sag, ich weiß es nicht, / So hab ich's mehr als gut behalten: / Im Jahre neunzehnzweiundvierzig / Da war er fort, mit seinen Alten.)

Nach dem ersten Brief von Tante Esther hatte Alex seine Einstellung zum Lernen in der Schule geändert. Natürlich hatte es mit Englisch begonnen. Weil er sich eine Reise erhoffte. Doch dann war außerhalb der Schule die Musik gefolgt, und bald kam Französisch dazu.

Die Texte, die er auf Verlangen seiner verschiedenen Französischlehrerinnen schrieb (und die durchaus unterschiedlich benotet wurden), hatten schon früher Überraschungen für uns bereitgehalten, und ich wusste aus Erfahrung, dass Alex sich nicht immer an den Wahrheitsgehalt einer Sache hielt, um zu einer tieferen Wahrheit zu gelangen. Diesmal hatte er mir einen bereits von seiner Lehrerin korrigierten Aufsatz zu lesen gegeben, dessen Aufgabenstellung lautete, er solle einen Text über eine Nachricht aus der Rubrik »Vermischtes« verfassen. Entstanden waren fünf beeindruckend präzise Seiten über eine Hinrichtung, die, so hatte er mir erzählt, auf einer Reportage beruhten, die er im Wartezimmer unseres Zahnarztes entdeckt, angestrichen und dann heimlich aus der Zeitschrift herausgerissen hatte, während er auf seinen Termin wartete. Alex hatte die Hinrichtung lange vor den Krieg verlegt, in eine Zeit, in der, wie in *Goldhelm*, öffentlich am frühen Morgen auf dem Boulevard Arago guillotiniert wurde. Der Verurteilte – die Person, über die Alex schrieb – hatte durch Vermittlung seines Anwalts den Wunsch geäußert, da er keinen Alkohol vertrage, möge man ihm am Tag seiner Hinrichtung statt des traditionellen Glases Rum einen

Milchkaffee mit einem Stück frischen, leicht knusprigen Baguette mit Butter gewähren. Zum großen Verdruss der Gefängnisverwaltung hatte der Anwalt das an die Presse weitergegeben, die sich sogleich auf den Fall gestürzt hatte. Eine auflagenstarke Zeitung witterte ein zugkräftiges Thema und startete sogar eine Leserumfrage, ob man dem Wunsch des Verurteilten stattgeben solle oder nicht. Wie vorauszusehen, hatte die Zeitung an dem Tag, an dem das Ergebnis veröffentlicht wurde, ihren Absatz beträchtlich steigern können. 78 Prozent der Befragten waren strikt dagegen. Einige seltsamerweise aus Respekt vor der Tradition, die sie für unumstößlich hielten. Die meisten jedoch aus dem Grund, ein zum Tode Verurteilter habe keine Wünsche zu äußern und eine positive Antwort würde die republikanische Ordnung gefährden (Alex hatte hinter das Wort ›republikanisch‹ ein *sic* geschrieben). Daraufhin war eine heftige Debatte entstanden, berichtete Alex weiter. Im Rundfunk, in der Metro, sobald jemand eine Zeitung aufschlug, in den Bistros, sogar am Familientisch. Manche Streitgespräche erinnerten in ihrer verbalen Aggressivität durchaus an Diskussionen, wie die Dreyfus-Affäre sie ausgelöst hatte. Milchkaffee oder Glas Rum? Ungeduldig wartete man auf die Entscheidung des Justizministers. Die Regierung musste sich einschalten. Würde es zu einer Debatte in der Abgeordnetenkammer kommen? Noch bevor das Datum der Exekution bekannt gegeben wird, sind die Fenster am Boulevard

Arago für den betreffenden Morgen teuer vermietet. Gewisse Schreiberlinge, die das Interesse einer ohnehin schon fast ausnahmslos aufgebrachten Öffentlichkeit weiter anheizen wollen, schildern, wie der Verurteilte neben dem sorgsam geschärften Fallbeil, das im ersten Licht des anbrechenden Tages glänzt, auf einem Holzschemel sitzt, eine dampfende Schale Milchkaffee zwischen den Knien, und seine leicht zitternden, mit Handschellen gefesselten Hände das Butterbrot in die Schale tunken, bevor sie es zum Mund führen. Und als sei Alex körperlich anwesend gewesen, malte er sich dann in einer Folge von schwindelerregenden, geradezu diabolischen Bildern das weitere Geschehen aus. Die Menge hätte gerne das Geräusch des brechenden Brotes gehört, hatte er geschrieben, aber die Demonstranten machten zu viel Lärm. Hier und da tauchten Spruchbänder auf; sie brachten die Wut all jener zum Ausdruck, die sich gegen die dem Verurteilten gewährten Privilegien empörten, wo doch so viele anständige Familien ihre Kinder nicht ordentlich ernähren könnten. Der Verurteilte begreift das ganze Treiben der Menge nicht. Er begreift es nicht, weil in seinem Ansinnen nicht die geringste Provokation lag. Er wollte nur, bevor er diese Welt endgültig verlassen würde, die Erinnerung an einen der seltenen schönen Momente mitnehmen, die er hatte erleben dürfen.

Alex' Aufsatz hatte seine Lehrerin ebenso erschüttert wie mich. Er hatte sie beeindruckt, aber sie war –

vielleicht weil es ihr schwerfiel, an die Authentizität des Aufsatzes zu glauben beziehungsweise sie hinzunehmen – bei den Umfrageergebnissen hängen geblieben. Die 78 Prozent, hatte sie angemerkt, seien zu hoch gegriffen und beeinträchtigten ein wenig die Glaubwürdigkeit des Berichts. Wesentlich wichtiger jedoch sei, betonte sie, dass die übertrieben hohe Zahl sie beunruhige, weil sie sich frage, wie ein Kind von sechzehn Jahren eine so pessimistische Weltsicht haben könne.

Der Text von Alex rief eine andere Geschichte über ein Butterbrot in mir wach. Und ich wollte die Frage, warum wir beide das Bedürfnis hatten, uns mit verkürzten Leben zu beschäftigen, schon auf später verschieben, als mich ein paar Zeilen auf der Seite »Vermischtes« in *France-Soir* stutzig machten. Ein dreiundfünfzigjähriger Mann hatte Selbstmord begangen, indem er einen mit Arsen bestäubten Camembert gegessen hatte. Mehr schrieb die Zeitung nicht darüber. Was mich an diesem Suizid so hartnäckig beschäftigte, war seine Absonderlichkeit. Wie konnte man die beiden Dinge verbinden: einen Camembert essen und beschließen, durch den Verzehr zu sterben? Sich für den Genuss entscheiden und zugleich für sein Gegenteil, den Tod? Der Tod dieses Mannes brachte mich zwangsläufig wieder auf die Geschichte vom Milchkaffee des Verurteilten, der eine Sekunde vor dem Sterben noch einen Augenblick des Wohlgefühls hatte empfinden wollen. Mit dem allerdings bedeutenden Unterschied, dass es sich im zweiten

Fall um einen Suizid handelte. Und ich konnte mir den Widerspruch nicht erklären, der den Selbstmörder dazu veranlasst hatte, einen Einklang zu finden zwischen dem Genuss und dem Wunsch, sein Leben zu beenden.

Die erste Geschichte von Alex und einem Butterbrot liegt einige Jahre zurück. Madame Rougemont, bei der meine Mutter als Verkäuferin arbeitete, hatte sie, Alex und mich eines Sonntags zum Mittagessen eingeladen. »Wenn Ihre Mutter sich zu uns gesellen will«, hatte sie hinzugesetzt, »ist sie selbstverständlich willkommen.« Aber Bobe hatte nicht gewollt. Nicht nur, weil sie sich bei Gesprächen, die so gar nichts mit ihren Themen zu tun hatten, deplatziert gefühlt hätte, sondern vor allem, weil sie sonntags regelmäßig im Café *Le Thermomètre* an der Place de la République die »Jiddische-Polnische-Franzuske« traf, mit der sie ausgiebig die Neuigkeiten der Woche erörterte.

Die »Jiddische-Polnische-Franzuske« (wörtlich: die jüdisch-polnische Französin) verdankte ihren Namen dem Umstand, dass sie Jüdin war, als ersten Mann einen polnischen Katholiken geheiratet hatte, der 1939 gefallen war, und in zweiter Ehe einen französischen Katholiken, von dem sie geschieden war. All das, Heiraten wie Scheidung, unter Umständen, die mir immer ein Rätsel blieben.

Mit welchen Argumenten auch immer hatte Mama Bobes Abwesenheit begründet und die Einladung für sich und ihre beiden Söhne angenommen. Und so klingelte am fraglichen Sonntag Mama, nachdem sie Alex diverse Verhaltensmaßregeln eingeschärft hatte, mit einem Blumenstrauß an der Tür von Monsieur und Madame Rougemont, deren Wohnung sich direkt über dem Laden befand.

Der ovale Tisch war für fünf gedeckt. Monsieur und Madame Rougement saßen sich gegenüber, und Mama saß Alex und mir gegenüber. Madame Rougement hatte eine Hammelkeule gebraten und dazu taktvoll ein Püree zubereitet. Monsieur Rougement, der, wie ich erfahren hatte, den Beruf eines Ingenieurs im Fernmeldewesen ausübte, stellte mir die Fragen, die man einem Heranwachsenden unweigerlich zur Schule und seiner beruflichen Zukunft stellt und auf die ich antwortete, wie es sich gehört, weil ich sie schon erwartet hatte, und so nahm das Essen einen harmonischen Verlauf. Inmitten der schlichten Herzlichkeit gab mir ein Blick von Mama – nicht streng, aber doch bestimmt – zu verstehen, dass ich Alex unter dem Tisch einen diskreten Fußtritt verpassen sollte. Er war dabei, aus seinem Püree einen Vulkan zu bauen. Der Vulkan war zwar nicht aktiv, aber es gab einen Krater an der Spitze. Mit der Gabel grub Alex bereits von der Seite her einen Stollen ins Innere, durch den die Bratensauce ablaufen sollte. Das Püree von Madame Rougement war perfekt und eignete sich bestens für die Beschäftigung, durch die Alex sich abseits von der Konversation der Erwachsenen halten konnte. Man konnte ihm wegen seiner Art, Püree zu essen, nicht böse sein. Als Baby war Alex ein schlechter Esser gewesen. Leizer hatte diese Methode erfunden, um ihm das Püree schmackhaft zu machen. Nach dem Flugzeugabsturz hatten Mama und manchmal auch ich Leizers Methode übernommen. Als Alex größer wurde, erzählte er sich seine Geschichten allein, und das Püree, das er mit der Gabel bearbeitete, wurde, bevor er es verschlang, je nach Stimmung zum Gebirge, Vulkan oder Schloss, an dem es immer noch etwas auszubessern gab.

Da Monsieur und Madame Rougemont so taten, als hätten sie nichts bemerkt, schwand die Angst meiner Mutter, sobald sie sah, dass sich Alex, auf die Erde zurückgekehrt, wieder benahm, wie ihm eingeschärft worden war.

Der Kaffee wurde im Salon in kleinen, hübsch verzierten englischen Tassen serviert. Auf dem niedrigen Tisch, um den herum wir Platz genommen hatten, lag neben einem Päckchen Filterzigaretten, das niemand anrührte, eine schöne Pralinenschachtel, die Madame Rougemont zum Kaffee herumreichte. Da hörten Madame Rougement, Monsieur Rougement, Mama und ich, nachdem die Pralinen serviert waren, wie Alex nach einem Butterbrot verlangte. Noch ehe ich einen verstohlenen Blick auf Mamas Gesicht warf, versuchte ich mir vorzustellen, was in Madame Rougemont vorgehen mochte. Alex hatte eine Vorspeise, Hammelkeule, einen Berg Püree, Salat, Käse und einen köstlichen Apfelkuchen vertilgt und verlangte jetzt noch nach einem Butterbrot zu seiner Schokolade. Ihm kam es nicht einen Moment lang in den Sinn, was an seiner Bitte merkwürdig sein konnte, und er verstand nicht, warum Mama laut protestierte. Sodass er, als er Madame Rougement, die aufgestanden war, um ihm ein Butterbrot zu holen, in aller Freundlichkeit sagen hörte: »Ach, das Kind hat eben noch Hunger!«, widersprach und erklärte, nein, er habe keinen Hunger mehr, er wolle nur einfach Brot haben, um es mit seiner Schokolade essen zu können. Mama und ich wussten sehr wohl, dass »das Kind« keinen Hunger mehr hatte. Alex hatte nur seit der Vorschule für den Imbiss nach der Schule immer ein Butterbrot mit einem Riegel Schokolade bekommen. Und weil ihm die Kombination von beidem Genuss bereitete, sah er nicht ein, weshalb er darauf verzichten sollte. Um den Genuss zu steigern, wollte er gleichzeitig in die köstlichen Pralinen und in ein Butterbrot beißen.

Auch in diesem Falle hatte die Gewohnheit die Oberhand gewonnen. Damit war ihm wohl.

Und während Madame Rougemont, damit dieses unschuldige Genießen kein vorzeitiges Ende fand, Alex souverän ein zweites Mal die Pralinenschachtel hinhielt, weil er sein Brot noch nicht aufgegessen hatte, begann Monsieur Rougemont mit einer Geschichte, die nicht das Geringste mit dem zu tun hatte, was bisher gesagt worden war.

Bei der Geschichte ist es der Pointe wegen wichtig, dass ich mich genau erinnere. Soweit ich mich also erinnere, hatte er sie mit ungefähr zwanzig erlebt. Er war zusammen mit Gleichaltrigen zu einer Bergwanderung aufgebrochen. Nach ein paar Stunden hatten sie den Gipfel erreicht. Einen Gletscher, glaube ich. Vom Ehrgeiz beflügelt, war er als Erster oben angekommen. Und mit genügend Vorsprung vor den anderen, um sich ausziehen – es war Sommer, es war heiß – und in einen See stürzen zu können, der sich direkt unter ihm befand, kaum einen Meter tiefer. »Und dann bekam ich den Schreck meines Lebens«, berichtete Monsieur Rougemont, »denn die Wasseroberfläche lag fast zehn Meter unter mir. Zehn Meter! Da war die wahre Entfernung! Der Fall bis zum See war so unbegreiflich lang, dass ich schon glaubte, da sei gar kein Wasser und ich wäre Opfer einer optischen Täuschung. Als ich wieder auftauchte und über mir meine Kameraden sah, die die Entfernung zwischen uns korrekt einschätzten und mir wegen meiner Kühnheit applaudierten, fing ich an zu begreifen. Es ist ein optisches Phänomen, das man in den Bergen häufig antrifft und das durch die Brechung der Sonnenstrahlen zustande kommt. Eine Art Luftspiegelung. In der Wüste entsteht so die Illusion einer fernen Wasserfläche. Im Gebirge, auf Schnee oder Eis, hat es den Effekt, die Entfernungen aufzuheben.«

Monsieur Rougemont hatte die Geschichte nur begonnen, um das Thema zu wechseln. Doch an dem Punkt seiner Erzählung überlief ihn im Rückblick fast noch ein Zittern. Und er schloss: »Es war ein Nervenkitzel, den man nur schwer beschreiben kann. Ich glaube sogar, dass nur derjenige, dem ein solches Abenteuer selbst zugestoßen ist, wirklich sagen kann, er könne es nachvollziehen.«

»Mir ist das zugestoßen«, sagte da Alex zum allgemeinen Erstaunen. »Eines Tages ist im Treppenhaus das Licht ausgegangen. Und weil ich dachte, es ist nur noch eine Stufe, bin ich im Dunkeln gesprungen. Aber es waren zwei. Ich habe auch große Angst gehabt.«

Ich hatte schon gesehen, wie Gesichtszüge entglitten. Ich glaube, ich hatte sogar schon gesehen, wie sich Gesichtsfarben ändern: weiß, ein wenig ins Grünliche, manchmal violett, aber von Monsieur Rougemonts Gesicht ist mir noch Jahre später in Erinnerung, dass alles zusammenkam. Diese Geschichte, bei der er der Held war und die er sicher schon Dutzende Male mit dem Erfolg zum Besten gegeben hatte, den man sich denken kann, wurde ihm von einer kleinen Nervensäge, einem Bengel von neun Jahren weggenommen, der sie mit einer erbärmlichen Geschichte von einer verfehlten Treppenstufe gleichsetzte.

Hatte Alex auch nur die geringste Ahnung gehabt, was er Monsieur Rougemont angetan hatte? Seine Bemerkung hatte eine derart zerstörerische Wirkung, dass der Mann, der so freundlich gewesen war, uns einzuladen, zu keiner Erwiderung mehr fähig war. Er saß da wie vom Donner gerührt. Das hatte Alex fertiggebracht. Eine solche Wirkung zu erzielen und dabei den Anschein der Unschuld zu bewahren – das war große Kunst.

Da der Graben sich durch Akkumulation weiter zu vertiefen drohte, entschied Mama, es sei an der Zeit, den Rückweg in die Rue Oberkampf anzutreten, und sie wartete nicht erst ab, bis wir zu Hause waren, um Alex zu sagen, sie werde ihn nie wieder irgendwohin mitnehmen. Und da sie das Bedürfnis nach Bewegung hatte, sind wir zu Fuß gegangen. Alex folgte mit zehn Schritten Abstand am Rand des Trottoirs, die Hände tief in den Hosentaschen, den Blick auf den Rinnstein gesenkt wie ein Clochard, der nach einer einsamen Zigarettenkippe Ausschau hält.

16

Nach dem Besuch einer Vorlesung von Vladimir Jankélévitch in der Sorbonne bin ich ins *Studio des Ursulines* gegangen, um mir *Madame de …* von Max Ophüls anzusehen. Und nach einer weiteren Vorlesung von ihm über die Zeit habe ich mir den Text von *Reigen* besorgt, dem Stück von Arthur Schnitzler, das Max Ophüls fürs Kino adaptiert hatte.

Das Stück von Schnitzler beginnt folgendermaßen:

Die Dirne und der Soldat

Spät abends. An der Augartenbrücke.

SOLDAT (kommt pfeifend, will nach Hause).

DIRNE: Komm, mein schöner Engel.

SOLDAT (wendet sich um und geht wieder weiter).

DIRNE: Willst du nicht mit mir kommen?

SOLDAT: Ah, i c h bin der schöne Engel?

Den von Max Ophüls gefilmten Anfang gibt es nicht. Die Anfangssequenz, in der der Spielleiter aus dem Nebel tritt und sich im Gehen mit den folgenden Worten an die Zuschauer wendet: »Und ich, was bin ich in dieser Geschichte? Der Verfasser? …«

Gerade waren die während seines Exils in Hollywood geschriebenen Erinnerungen von Ophüls erschienen. Darin erzählte er von seinem überstürzten Aufbruch aus Deutschland im Februar 1933: »Wenn's deinem Vater wirklich so schlecht geht«, hatte man ihm am Telefon geraten, »dann würde ich an deiner Stelle nicht mehr warten. Keinen Tag. Nimm den nächsten Zug.« Ophüls hatte verstanden. »Am Abend, auf dem Weg zum Bahnhof am Zoo, fuhr ich mit meinem Wagen am Atrium-Kino vorbei«, hatte er geschrieben. »Dort leuchtete neben dem Wort ›Liebelei‹ in großen Lettern mein Name. Ich sagte zu meiner Frau und meinem Söhnchen: ›Schaut euch das noch mal genau an …‹ Ich fuhr eine Ehrenrunde ums Kino.«

Was Arthur Schnitzler, der 1931 gestorben war, natürlich nicht wissen konnte, wusste Max Ophüls 1950, dem Jahr, als *Der Reigen* gedreht wurde. Daher, wie ich glaube, die Einführung der Figur des Spielleiters, des Doubles von Max Ophüls, der im Wien des Jahres 1900 sagt, dass »die Vergangenheit so viel sicherer als die Zukunft« ist.

Als ich den Film zum ersten Mal sah, hatte die Bemerkung über die Vergangenheit und die Zukunft zwangsläufig eine gewisse Ratlosigkeit bei mir ausgelöst. Aber erst heute glaube ich die wahre Bedeutung zu verstehen.

Diese Erkenntnis verdanke ich Vladimir Jankélévitch. Dem Glück, seiner Vorlesung über die Zeit beiwohnen zu können. Dem kleinen, für immer behaltenen Satz: »Die vergangene Zeit ist immer die gute.«

Als wären diese beiden Männer, Ophüls und Jankélévitch, die beide ganz zu Anfang des Jahrhunderts geboren wurden, auf natürliche Weise verbunden, ahnte ich, dass ich jetzt von dem einen zum anderen wechseln würde. Es war daher gut, *Madame de …* nach einer Vorlesung von Jankélévitch zu sehen.

Eine vordergründig frivole Frau lernt neu zu leben und stirbt daran, das ist es, was der Film erzählte.

Auf der Leinwand sagte Danielle Darrieux, die Stirn an eine sich schließende Tür gelehnt, um sich gegen die Liebe zu dem Mann, den sie liebte, zu wehren: »Ich liebe Sie nicht, ich liebe Sie nicht, ich liebe Sie nicht.« Eine junge Frau neben mir im Zuschauerraum weinte, das Gesicht zu jenen Gefühlsbewegungen erhoben. Ihre von dem »Ich liebe Sie nicht« ausgelösten Tränen schienen einer schmerzhaften Erinnerung geschuldet, die sie vielleicht überwunden zu haben glaubte. Sie teilte ihre Tränen mit der Heldin des Films, und so rannen sie still und waren wohltuend. Vielleicht weil die Frau neben mir weinte, wie man wegen etwas weint, das man kennt, habe ich wohl nie einen Liebesfilm so intensiv gesehen wie diesen. Und ich fragte mich, warum die schönen Liebesgeschichten, die ich im Kino so mochte (*Goldhelm*, *Jules und Jim*, *Madame de …*), trotz ihres Charmes immer tragisch endeten, mit dem im Blick der Zurückbleibenden gespiegelten Tod.

Nach der Vorstellung wartete ich nach ein paar Schritten Richtung Rue Gay-Lussac auf die junge Frau, mit der ich gerade *Madame de …* gesehen hatte. Ja, *mit* ihr. Dabei kannte ich sie nicht. Mit ihr, weil wir uns so nahe gewesen waren, als wir gemeinsam Danielle Darrieux und Vittorio De Sica zuschauten, wie sie vor Liebe lebten und an ihr starben. Ich wusste nicht, was ich ihr sagen würde, aber ich wartete auf sie. Und da ich auf sie wartete, blieb sie neben mir stehen. Und da ich sie nicht kannte, habe ich mich entschuldigt und gesagt, ich hätte während der Vorstellung, als ihr die Tränen gekommen seien, das Bedürfnis gehabt, ihre Hand zu nehmen und sie in meiner zu behalten, und dann habe ich mich erneut entschuldigt für das Eigenartige, was ich gerade gesagt hatte. Sie bedankte sich. Und dieses »Danke« sagte sie auf eine Weise, von der ich nicht wusste, dass man es so sagen konnte. Und wir verstummten. Und dann kam die Andeutung einer Geste. Ihre rechte Hand löste sich langsam von ihrem Körper, bevor sie auf ihrem Weg innehielt und behutsam wieder zurückkehrte. Aber die angedeutete Geste war keine unfertige Geste, da ich keinerlei Mühe hatte, sie zu verlängern und als eine Liebkosung zu empfinden.

Ihr Blick hatte die Spuren der vergossenen Tränen bewahrt, als sie die Rue des Ursulines überquerte. Auf dem Trottoir blieb sie an der Ecke der Rue Gay-Lussac einen kurzen Moment stehen. Damit ich sie einholte? Nein, ich glaube nicht. Dann hätte sie sich umgedreht.

Was trennte uns? Ich weiß es nicht. Ich blieb stehen und sah sie verschwinden.

Es hatte nur dieses Wort gegeben: Danke, und eine Geste, deren Eindruck ich bewahrte, und es hatte gerade so lange gedauert, um zu begreifen, dass alles möglich gewesen war.

In der Vorlesung von Vladimir Jankélévitch, die ich am selben Vormittag besucht hatte, war es um die »Gelegenheit« gegangen. Die Gelegenheit des Augenblicks. Und während ich der Frau nachsah, die gerade verschwand, lösten sich in mir ein paar bruchstückhafte Sätze aus der Vorlesung, die zu notieren ich kaum die Zeit gehabt hatte: »Das ist die verzauberte Minute, in der ein Blick einen anderen kreuzt«, »der Augenblick, der nur kurz andauert und daher kostbar ist«, »unser Leben besteht aus einzigartigen Augenblicken«, »vielleicht ist das der Sinn meines Lebens, der wie ein Blitz vorüberzieht«, »wie die vergängliche Gelegenheit festhalten?«

An diese Zeit, die ich nicht hatte festhalten können, würde ich mich lange erinnern. Und vielleicht habe ich nur, weil ich am Vergänglichen hing, nicht versucht, diese so kostbare Zeit zurückzuhalten.

Ich beschloss, ein bisschen zu laufen. Und erst am Hôtel de Ville habe ich den 96er Bus nach Hause genommen.

Die Vorlesung von Vladimir Jankélévitch verwies mich auf eine andere kostbare Zeit, die sich ebenfalls nur einmal ereignen konnte, da es das erste Mal war. Ich weiß nicht, wie alt ich war. Dreizehn, oder vielleicht vierzehn. Höchstens. Zu mehreren hatten wir nach der Ferienkolonie beschlossen, ein Mal pro Woche zusammen ins Schwimmbad zu gehen, um uns nicht aus den Augen zu verlieren. Wir hatten uns für das Schwimmbad Neptuna entschieden, weil es an den Grands Boulevards lag und von unseren jeweiligen Wohnungen nicht weit entfernt war. Die Kabinen des Schwimmbads, die sich oberhalb des Beckens befanden, hatten die Besonderheit, dass sie voneinander durch eine dünne Holzwand getrennt waren. Der Zufall brachte es eines Tages mit sich, dass Suzy die Kabine neben meiner nahm. Und kaum hatte ich meine Badehose ausgezogen – es war nach dem Schwimmen –, hörte ich, wie Suzy ihren Badeanzug auswrang. Und dann ein Reiben. Das Reiben ihres Handtuchs über ihren Körper? Ich hörte, fast zitternd, auf die Bewegungen ihrer Arme. Da sah ich, als ich dieselben Bewegungen vollzog wie sie, um mich abzutrocknen, weniger als einen Meter vom Boden entfernt ein in die Wand gebohrtes Loch. Sicher, es war klein, aber ganz offenbar gebohrt, damit man ein Auge darandrücken konnte. Was ich tat, und ich erinnere mich, nicht lange gezögert zu haben. Vor mir, ganz nah, ein paar Zentimeter entfernt, war Suzys nackter Körper. Gewissenhaft trocknete sie jede Stelle ihres Körpers ab, über den meine Augen glitten, und ich entdeckte entzückt, was die Bewegungen ihres Handtuchs mir zu sehen erlaubten. Dann trocknete sie sich lange die Haare, wie um ihren Körper besser meinem Blick darzubieten, bevor sie sich mir gegenüber auf das Holzbänkchen setzte, mit dem jede Kabine ausgestattet war. Nacheinander beschäftigte sie sich damit, erst das eine Bein, dann das andere abzutrocknen, und merkwürdigerweise hielt sie inne, als ob sie an etwas Unbestimmtes dächte, und wartete ab, die Hände auf den Knien, in einer Reglosigkeit, die mich entzückte. Und dann, fast gefügig, fast als hätte ich sie darum gebeten – und es war die langsamste all ihrer Gesten –, breitete sie die Knie auseinander. Und was mir erschien, war herrlich. Nahe der Ohnmacht sah ich da, wohin mein Verlangen mich führte. Und ich hatte in dem Moment kein anderes Verlangen als dieses: Sehen. Ich stellte mir noch nichts anderes vor. Es ist mir seitdem vergönnt gewesen, andere nackte Körper zu sehen, aber durch diese Erinnerung, bei der ich noch immer gerne verweile, da die Leidenschaft für die Nacktheit mich nicht verlassen hat, mag ich die Gesten der Liebe immer nur bei hellem Licht vollziehen.

Die Zeit, in der Suzy mir den ganzen Reichtum ihres Körpers darbot, endete abrupt. Sie hatte ihrerseits das gebohrte Loch in unserer gemeinsamen Trennwand gesehen – auch wenn sie, wenn man recht überlegt, dessen Existenz schon davor entdeckt haben musste. Da ihre Neugier meiner entsprach, beugte sie sich vor und näherte ihr Gesicht ganz nahe dem meinen. Mit einem Satz sprang ich auf. Was sollte ich tun? Obwohl ich bereits trocken war, tat ich blöde so, als trocknete ich mich ab, und das war alles. Auf einfache Weise sagten unsere Körper dieselben Dinge, sodass ich mir, als wir unsere Kabinen verließen, im Blick auf das, was uns erfüllte, gesagt habe: Wie ähnlich wir uns sind. Und von all dem, was geschehen war, von all dem, was wir gerade geteilt hatten, haben wir nie miteinander gesprochen.

Draußen auf dem Gehweg des Boulevard Poissonnière warteten die anderen auf uns. Während wir wie gewöhnlich über dieses und jenes redeten, gingen wir bis zur Place de la République, wo wir uns trennten. Suzy und ich zogen beide in unsere jeweilige Richtung los. In ihrer über die Schulter geworfenen Strandtasche befand sich das Handtuch, noch feucht von ihrem Körper, dessen ganze Schönheit sie mich vor wenigen Momenten hatte betrachten lassen.

17

Eine sanfte Frühlingssonne überflutete die Terrasse, und doch hatte Ruth, mit der ich mich im *Café le Centenaire* verabredet hatte, beschlossen, im Inneren auf mich zu warten. Sie hatte mich am selben Morgen recht früh angerufen, um mir zu sagen, dass sie für ein paar Tage in Paris sei.

Ruths Bekanntschaft hatte ich im Sommer zuvor im Musée Bonnat in Bayonne gemacht. Es war an einem meiner freien Tage während der Ferienkolonie in Tarnos. Ich kannte Léon Bonnat nicht, einen der berühmtesten Maler der Dritten Republik, dem die Stadt Bayonne, aus der er stammte, ein ganzes Museum gewidmet hatte. An dem Tag war es sehr heiß, und ich hatte mir gesagt, im Museum sei es sicher kühler, als im Schatten einer Pelota-Mauer zu sitzen, wo Guy, ein anderer Betreuer, den Nachmittag verbringen wollte. Auch wenn Bonnats beeindruckende technische Meisterschaft mich einen Moment in Beschlag nahm, empfand ich doch eine gewisse Bedrückung, da mir seine Gemälde so repräsentativ für den bürgerlichen Akademismus schienen, und daher ging ich schließlich rasch an einer ganzen Reihe von offiziellen Porträts vorbei. So wurde ich auf ein junges Mädchen mit Pferdeschwanz und Sandalen aufmerksam, das durch sein Umhergehen dieselben Vorbehalte auszudrücken schien. Das war Ruth. Sie hatte gesehen, wie ich über eine Grimasse, die sie vor einem Gemälde schnitt, lächelte, und so hatten wir uns kennengelernt. Und da es uns ein wenig blöd vorkam, uns beim Verlassen des Museums mit einem Händeschütteln zu verabschieden, waren wir in ein kleines Bistro unter den Arkaden der Rue du Port-Neuf gegangen.

»Und Sie, was machen Sie? Sind Sie in Ferien hier?«, hatte Ruth mich gefragt, nachdem sie gesagt hatte, dass sie Deutsche sei und Geschichte studiere.

Ich erzählte von der Ferienkolonie, in die ich seit mehreren Jahren kam, zunächst als betreutes Kind, dann als Betreuer. Sicherlich von dem ermutigt, was ich ihr über die Ursprünge dieser Kolonie erzählte, sagte Ruth, ohne mehr wissen zu wollen und als ob ihr das genüge, fast überstürzt, dass sie gekommen sei, um das Internierungslager von Gurs zu sehen, aber in Bayonne übernachte, weil es dort eine Jugendherberge gebe.

»Kennen Sie nicht das Lager von … doch, Sie kennen doch sicher das Lager von Gurs«, hatte sie angesichts meines erstaunten Gesichts gesagt.

»Ja, ich habe davon gehört, ich weiß, dass Gurs während des Krieges eines der Lager im Süden Frankreichs war, aber ich wusste nicht, dass es nicht weit von Bayonne entfernt ist. Vor allem aber überrascht mich, dass Sie es kennen. Woher kennen Sie das Lager? Und warum wollen Sie es besichtigen?«

»Mein Geschichtsprofessor hat mir davon erzählt. Er war dort interniert. Er war vor dem Krieg aus Hitlerdeutschland geflohen, und wie viele Antifaschisten war er nach Frankreich gegangen. Aber als deutscher Staatsangehöriger wurde er 1939 gleich im Lager von Gurs interniert, wo sich bereits Kämpfer aus dem Spanischen Bürgerkrieg befanden. Deshalb will ich wissen, wie es dort aussieht.«

»Wird an den deutschen Universitäten die Geschichte der Lager gelehrt?«

»Nein, nein, in keiner Weise. Davon ist nie die Rede. Mein Professor hat mir außerhalb des Unterrichts davon erzählt.«

Und Ruth, die recht gut Französisch konnte, hatte mir erzählt, dass sie jede Beziehung zu ihrem Vater abgebrochen habe, als er sich geweigert hatte, auf ihre Fragen zu seinem Verhalten bei der Wehrmacht zu antworten, mit dem Argument, Kinder hätten nicht über ihren Vater zu urteilen. Die Fragen, die sie ihrem Vater gestellt hatte, waren ihr nach der Lektüre eines Artikels in einer soziologischen Zeitschrift gekommen. Verfasser des Artikels mit dem ironischen Titel »Erinnerungen an eine Pariser Besetzung« war ein Architekt, der zu Beginn des Jahres 1944 im Alter von siebzehn Jahren in die deutsche Armee einberufen worden war.

Ruth hatte ihr Elternhaus verlassen und erklärt – mit etwas hochtrabenden Worten, wie sie mir gestanden hatte –, sie würde erst wieder einen Fuß über die Schwelle setzen, wenn ihr Vater bereit sei, ihr zu sagen, wie er all seine Orden erhalten habe. Sie hatte ihre Isolierung durchbrochen, indem sie all das ihrem Geschichtsprofessor anvertraut hatte, daher ihre Anwesenheit in Frankreich.

»Was ich vor allem nicht ertragen konnte, war, in Unkenntnis gehalten zu werden«, hatte Ruth hinzugefügt. »Wegen dieser Unkenntnis kann ich mir nur das Schlimmste vorstellen. Das ist es, was meine Eltern nicht begreifen wollen.«

»Und glauben Sie, Sie werden eines Tages wieder Kontakt zu Ihrem Vater haben?«

»Ich weiß es nicht. Ich glaube nicht, weil Gehorsam für ihn ein heiliger Wert ist, da er selbst sehr autoritär erzogen wurde. Er kann nicht akzeptieren, seine Autorität zu verlieren. Vor allem gegenüber einer Tochter. Deshalb habe ich wenig Hoffnung, was das angeht.«

»Wie leben Sie dann?«

»Meine Mutter gibt mir ohne Wissen meines Vaters heimlich ein bisschen Geld, und darüber hinaus bin ich Modell.«

»Modell ... für Modezeitschriften?«

»Nein, nicht für Zeitschriften, dafür bin ich nicht schlank genug. Nein, in einer Kunstakademie.«

»Und Sie sitzen ...«

»Modell, ja. Nackt, wenn das die Frage ist, die Sie sich stellen.«

Ich hatte einen Moment geschwiegen, während ich nicht umhinkonnte, mir Ruth nackt vorzustellen, dann abgebildet auf zahlreichen Leinwänden oder Zeichenblättern. Und außerdem mochte ich, was sie hergeführt hatte.

»Kennen Sie Franz Hessel?«

»Sie kennen Franz Hessel?«

Ruth war derart verdutzt gewesen, mich den Namen Franz Hessel nennen zu hören, der ihrer Ansicht nach selbst in Deutschland fast unbekannt war, dass sie auf meine Frage mit derselben Frage geantwortet hatte. Also erzählte ich von *Jules und Jim*. Von meinen zwei Drehtagen. Von Lauras drei Küssen, die im fertigen Film herausgeschnitten waren, nicht aber von der Bedeutung, die die drei Küsse für mich gehabt hatten. Vom Café *Victor*. Dem Bistrotisch, auf den Oskar Werner das Porträt von Lucie gezeichnet hatte. Von Jeanne Moreau. Dem verpassten Rendezvous. Und Ruth hatte gesagt: »Ich komme wieder, Bernard, und dann zeigen Sie mir das Paris von *Jules und Jim*.«

Ruth war also wiedergekommen und erwartete mich im Inneren des *Café le Centenaire*. Da der 96er Bus nach Belleville hinauf direkt davor losfuhr, hielt ich das für einen guten Ort, um unseren Streifzug zu beginnen.

Dem Besuch in Paris war eine Postkarte vorausgegangen, die den Berliner Zoo zeigte und auf deren Rückseite Ruth geschrieben hatte:

»Franz Hessel:
Geboren in Stettin (deutscher Name von Szczecin) 1880.
Kommt 1888 nach Berlin.
Lernt 1906 in Paris Henri Pierre Roché kennen.
Heiratet 1913 Helen Grund, die er 1912 in Paris kennengelernt hat.
Übersetzer von Stendhal, Baudelaire und Proust.
1920 erscheint sein Roman *Pariser Romanze*.
1931 verfasst er ein Porträt von Marlene Dietrich.
1940 wird er im Lager Les Milles in Südfrankreich interniert. Ein paar Monate später wird er freigelassen und stirbt am 6. Januar 1941 in Sanary-sur-Mer.«

Und Ruth umarmte mich.

Im Bus, der uns die ansteigende Rue Oberkampf hinauf nach Ménilmontant brachte, erklärte Ruth genauer, weshalb sie nach Frankreich gekommen war. Da sie sich immer mehr für Kunstgeschichte interessierte und, wie sie sagte, für ihr Leben von dem geprägt war, was sie nach und nach über die Geschichte der Lager erfahren hatte, hatte sie vor, das Lager Les Milles zu besuchen. Bei ihren Recherchen für mich über Franz Hessel hatte sie erfahren, dass dort zu Beginn des Krieges Max Ernst, Hans Hartung, Hans Bellmer, Max Lingner und Dutzende weitere deutsche und österreichische Maler interniert waren, die vor dem Naziregime geflohen waren. Wie man ihr gesagt hatte, fanden sich dort noch einige ihrer Werke, vor allem große Wandbilder von Lingner. Sie war glücklich und zu Tränen gerührt, die Besichtigung dieses Pariser Viertels im Bus zu beginnen. Schon als sie die Plattform bestieg, wurde sie an eine Zeichnung Lingners erinnert. Es war die Zeichnung eines Busses, der in allem dem ähnelte, in dem wir Platz genommen hatten. Es war nicht der 96er, sondern der 85er. Was sie auf der Zeichnung amüsiert hatte, war ein Radfahrer mit Schirmmütze und Golfhose, der sich unter dem Lächeln der Fahrgäste mit der linken Hand am Geländer der Plattform festhielt und fuhr, ohne zu strampeln.

Max Lingner hatte lange in Paris gelebt.

Um all die versprochenen Orte zu durchstreifen, hatte ich vorgeschlagen, an der Haltestelle Julien-Lacroix auszusteigen, die direkt vor dem Fotogeschäft der Rue de Ménilmontant liegt. Von dort folgte ich, ohne vor dem Gebäude stehen zu bleiben, in dem mein Vater gearbeitet hatte, ganz natürlich und ohne meine Erinnerung anzustrengen, den Angaben, die die Begegnung mit Robert mir im Gedächtnis hinterlassen hatte. Und diesen Weg erneut mit Ruth zu gehen, bewahrte etwas in mir, das niemals ganz verschwinden würde, wie ich jetzt wusste.

In der Rue Vilin fotografierte mich Ruth vor dem mit Verheißungen vollgeschriebenen Fensterladen von Madame Rayda. Sie bestand absolut darauf.

Das Café von Nadine war geschlossen. Das bedauerte ich vor allem wegen der Wandgemälde, auf die Anatole Jakowsky uns aufmerksam gemacht hatte und die Ruth so sehr interessiert hätten.

Sie fotografierte noch anderes: die ockerfarbene Bäckerei in der Rue des Envierges, die *Villa Castel*, die *Villa Ottoz*, die Werkstatt aus *Goldhelm*, die Fußgängerbrücke der Rue de la Mare und eine Erinnerungstafel am Gitter der Rue de Ménilmontant über den Eisenbahngleisen der Ringbahn:

François Boltz, 38 Jahre
Godefroy Louis, 53 Jahre
Adjeman, 50 Jahre
und zwei unbekannte Patrioten
gestorben am 23. August 1944
nach dem siegreichen Angriff auf die Züge der Nazis.

Und die Rue de Savies, die von mittelalterlichen Bordsteinen gesäumt wurde und an deren oberen Ende sich der Einstieg der Rue des Cascades befand, auf den mich Monsieur Victor hingewiesen hatte. Und schließlich, auf der anderen Seite der Place des Fêtes, hinter dem Gitter am Ende der Impasse Compans, der bukolische Ort, an dem sich das Café *Chez Victor* befand. Ganz gebannt machte Ruth ein Foto von dem Podium und dann vom Podium aus ein Foto vom Pariser Osten. Die Boulespieler waren da, die sie nicht zu fotografieren wagte. Der weißhaarige Mann war ebenfalls da, wieder am selben Tisch, wo er die Zeitung zusammenlegte, als er uns ankommen sah. Ich stellte beide einander vor. Monsieur Victor kam zu uns, den ich ebenfalls vorstellte: »Monsieur Victor, der Hausherr, Ruth, eine Freundin.« Genau wie ich bestellte sie eine Schokolade, aber mit mehr Milch.

Zu *Chez Victor* kam ich seit dem Gedicht von Victor Hugo und der *Zeit der Kirschen* regelmäßig.

Von dem weißhaarigen Mann hatte ich viel gelernt.

»In das Bistro hier komme ich auch, weil es einer der letzten Orte in Paris ist, wo man beim Hahnenschrei aufwachen kann«, hatte er mir am Tag unseres ersten Gesprächs gesagt.

»Schlafen Sie manchmal hier?«

»Nein, ich schlafe zu Hause, und ich bin nie früh genug gekommen, um den Hahn zu hören. Aber es zu wissen ist mir Grund genug, herzukommen.«

Ich hatte meinen Besuch mit Ruth genutzt, um ihm das Exemplar der *Geschichte der Kommune von 1871* von Lissagaray zurückzubringen, das er mir geliehen hatte. Ich hatte es zum Schutz in Zellophanpapier eingepackt, da es sich um eine seltene, praktisch nicht mehr erhältliche Ausgabe handelte, die 1929 von der Librairie du Travail herausgebracht worden war. Als er das Buch mechanisch durchblätterte, fiel ein handschriftliches Blatt heraus, das im Vorsatzblatt gesteckt hatte und das ich vergessen hatte herauszunehmen. »Das muss Ihnen gehören«, sagte er und gab es mir, ohne es zu lesen.

Wir sprachen nicht über das Buch, das verschoben wir auf später. Da Ruth Deutsche war, war er neugierig auf Ruths Neugier. Als sie beim Aufbrechen um Erlaubnis fragte, ihn zu fotografieren, willigte er lächelnd ein.

»1914 bin ich in den ersten Kriegstagen verwundet worden«, sagte er, als er das Klicken hörte, »und 1940 war ich schon zu alt für den Krieg. Und jetzt werde ich als Foto nach Deutschland ziehen. Also, ich finde das gut. Ist doch friedlicher.«

Und als Ruth ihn fragte, wohin sie ihm das Foto schicken sollte:

»Schicken Sie es an Bernard, er weiß, wo er mich findet. Genauer gesagt hier, außer sonntags.«

»Ich frage mich wirklich, was Bernard Ihnen über mich erzählt haben mag, bevor er Sie hierherbrachte«, hatte er zu Ruth gesagt, als ich sie einander vorgestellt hatte. »Er wird Ihnen gesagt haben, ich sei jemand, der in der Vergangenheit lebt. Es stimmt, dass wir beide viel von der Vergangenheit reden, auch wenn es nicht dieselbe ist. Natürlich wegen des Altersunterschieds, aber nicht nur. Wir erleben die Ereignisse nicht alle auf dieselbe Weise. Vielleicht hat Bernard Ihnen das erzählt, auch wenn er nicht gern darüber spricht. Mich beeindruckt, dass er dieselben Chansons mag wie ich. Im Allgemeinen kann man die Generationen daran unterscheiden, welche Chansons sie hören, aber Bernard kennt zum Beispiel die Chansons von Aristide Bruant auswendig, dabei war Bruant schon fünfzehn Jahre tot, als Bernard auf die Welt gekommen ist. Auch ich mag Bruant sehr, aber mein Lieblingschanson ist *La Butte rouge* von Montéhus. Es stammt aus den Zwanzigerjahren. Ach, übrigens, der Refrain geht so:

La Butt' rouge, c'est son nom
L'baptême s'fit un matin
Où tous ceux qui montaient
Roulaient dans le ravin …

Aujourd'hui, y'a des vignes,
Il y pousse du raisin …
Qui boira ce vin-là
Boira l'sang des copains.«

(Roter Hügel ist sein Name / Ward getauft an einem Morgen / Als alle, die hinauf ihn stürmten / Abwärts in die Schlucht bald rollten …
Heute stehn dort oben Reben / Trauben wachsen an den Hängen / Und wer diesen Wein da trinkt / Trinkt damit das Blut der Freunde.)

Ich konnte es nicht fassen. Zum ersten Mal hörte ich den weißhaarigen Mann, der stundenlang stumm dasitzen und zuhören konnte, singen. Selbst Monsieur

Victor hatte beim Servieren innegehalten, um ihm zu lauschen.

»Der rote Hügel war nicht hier, sondern auf der anderen Seite von Paris. Aber es hätte hier in Belleville sein können, denn Belleville ist ein Gebiet, wo das Blut all derer geflossen ist, die aus allen Ecken Europas kamen. ›Belleville wird Europa retten‹, hat während der Kommune ein Redner gesagt. Gut, das war naiv und unrealistisch, aber man konnte es auch anders verstehen: Diejenigen, die mit ihren kompletten Familien aus Italien, Polen, Armenien oder Russland kamen, hatten ihr Land zwar in Richtung Frankreich verlassen, aber es war Belleville, das sie aufnahm.«

Und der weißhaarige Mann hörte gar nicht mehr auf. Wieder sprach er von der Pariser Kommune. Von den letzten Kämpfen in der Rue Ramponneau. Von der Eroberung des Père-Lachaise. Von der Mauer der Kommunarden. Aber auch von der Zeit, in der er mit seiner Frau samstags, wenn *Chez Victor* am Abend zum Tanzlokal wurde, herkam, um Musette und Tango zu tanzen und damit die Müdigkeit der Woche abzuschütteln. »Kennen Sie den Tango?

›Ah! c'que les femmes on pu me plaire
Et c'que j'ai plu! … J'étais si beau!
Faudrait pouvoir fair' marche arrière
Comme on l'fait pour danser l'tango!‹

> (Was haben mir die Fraun gefallen / Und ich gefiel! … Ich war so schön! / Man müsste rückwärts gehen können / Wie man es tut, wenn man den Tango tanzt!)

Das ist von Caussimon. Jean-Roger Caussimon. Einem Dichter. Poesie ist immer schön. Eines Tages habe ich begriffen, dass ich ihm alles verdanke. Denn mit Poesie kann man alles sagen. Man muss sich nur auf sie einlassen. Die französische Sprache so gut zu kennen wie Sie, Mademoiselle, ist auch schön. Und deshalb müssen Sie wiederkommen, denn eine Sprache ist ständig in Bewegung. Es ist gut, eine Sprache zu lernen, sie zu studieren, aber man muss sie auch leben. Eine gelebte Sprache ist lauter, und die Straße ist ein guter Ort, um sie zu hören. Wenn ich zum Beispiel rückwärts gehen könnte wie beim Tango, hätte ich wie Sie zwanzig Lenze. Aber das kann man nicht. Als meine Zeit sich verdreifacht hat, war ich sechzig. Und als ich so alt war – wenn man mir da gesagt hätte, ich hätte sechzig Lenze, hätt' ich darin einen Vokabelfehler gesehen, denn mit der Zeit ändern die Jahre ihre Natur. Eines Tages bin ich vielleicht achtzig. Na, ich hoffe jedenfalls, so weit zu kommen. Vor allem für meinen Enkel. Damit er sich erinnert, dass er einen Großvater gehabt hat. Sehen Sie, wegen der Nostalgie haben wir viel von der Vergangenheit geredet. Nostalgie ist gut, weil sie gegenwärtig macht, was nicht mehr ist. Aber die Gegenwart, die hat mich mein Enkel lieben gelehrt. Denn er tut jeden Tag etwas, was er am Tag zuvor noch nicht getan hat und was er am nächsten Tag vielleicht nicht mehr tut. Als er begonnen hatte zu krabbeln, war er so schnell wie ich auf zwei Beinen. Jetzt läuft er auf zwei Beinen und krabbelt nie mehr auf allen vieren, als ob er es vergessen hätte. Daher bin ich froh, dass ich das genossen habe. Beim Reden ist es das Gleiche. Er isst gerne Joghurt. Und dazu sagt er ›Jodut‹. Wir hüten uns, ihn zu korrigieren, denn eines Tages wird er Joghurt sagen wie alle anderen, und es ist nicht mehr, was es war.«

»Wie alt ist Ihr Enkel?«

»Er ist gerade einundzwanzig Monate geworden.«

Bewegt von Erinnerungen, die nicht die ihren waren, stieg Ruth beim Hinausgehen auf das Podium. Vor ihr erstreckte sich der weite Raum der Stadt, so voller Menschenleben, zu weit, um davon Besitz zu ergreifen, und schien all das zu wiederholen, was sie gerade gehört hatte.

»Wie heißt der Herr?«

»Ich weiß es nicht. Als ich Monsieur Victor gefragt habe, hat er geantwortet: ›Sein Vorname ist Jules, so wie Vallès.‹«

»Vallès? Wer ist Vallès?«

»Vallès … war Journalist und Schriftsteller. Aber nicht einer von denen, mit denen Henri Pierre Rochés Jules oder Jim hätten Umgang haben können. Dieser Jules war immer ein Aufständischer. Er hatte die Zeitung *Le Cri du Peuple* gegründet und war zum Mitglied der Kommune ernannt worden. Nach dem Sieg der Versailler Regierung wurde er zum Tode verurteilt, aber er war nach England geflohen, von wo er erst nach der Amnestie von 1880 zurückgekommen ist.«

»Das macht also drei Jules«, rief Ruth lachend. »Und der, den wir gerade gesehen haben, was war der von Beruf?«

»Er war in der Schuhbranche tätig, wie so viele von denen, die hier im Viertel wohnen. Übrigens sind die meisten Bewohner des 11., 19. und 20. Arrondissements kleine Handwerker. In dem Buch, das ich ihm zurückgebracht habe, habe ich gelesen, man habe fast dreitausend Kommunarden gezählt, die im Holzhandwerk arbeiteten.«

Ruth empfand nach jeder Antwort das Bedürfnis, noch mehr zu erfahren – da sie jedoch immer wieder fürchtete, es könne in einer Antwort etwas geben, was vielleicht eigentlich nicht gesagt werden könne, ließ sie ihrer Frage ein Schweigen vorausgehen, das sie zu füllen versuchte, indem sie sich umsah.

»Darf man wissen, was auf dem Blatt stand, das noch in dem Buch war?«, fragte sie mich und blickte auf ihre Füße. »Oder ist das zu persönlich?«, und sie hob ihr Gesicht zu mir.

»Nein, es ist nicht persönlich. Na ja, sagen wir, es hat einen persönlichen Hintergrund, aber ich kann es Ihnen sagen, da ich es aus dem Buch abgeschrieben habe.«

Ich zog das Blatt heraus, das ich zusammengefaltet

in der Tasche trug, und las im Weitergehen langsam vor:

»Die Versailler morden in Paris, und Paris weiß es nicht. Die Nacht ist blau, sie ist bestirnt, lau, voller Frühlingsdüfte. Im Theater sind eine Menge Menschen. Die Boulevards sind voller Leben.«

Den Text von Lissagaray hatte ich mir notiert, weil ich mich beim Lesen gefragt hatte (als würde sich die Geschichte wiederholen), was das Paris, das ich so mochte, ja, dieses Paris, das doch zugesehen hatte – ich hatte mich gefragt, was Paris getan hatte, als am Morgen des 16. Juli 1942 mehr als dreizehntausend jüdische Männer, Frauen und Kinder verhaftet wurden. Und ich hörte nicht auf mich zu fragen, ob dieses »Nichtwissen« nicht das Echo dessen war, was Lissagaray vor fast einem Jahrhundert beschrieben hatte. Vielleicht übertrieb ich, aber vielleicht liegt darin auch der Grund, weshalb es mich jedes Mal ins Herz trifft, wenn von der Pariser Kommune die Rede ist.

Mit ein paar Worten erzählte ich Ruth davon. Danach gab es noch ein paar zögernde Fragen. Sicher gab es auch stumme. Und andere, die es nicht waren:

»Und die ›Mauer der Kommunarden‹, von der Monsieur Jules gesprochen hat – was ist das?«

»Das ist eine Mauer auf dem Friedhof Père-Lachaise, vor der die Versailler die letzten Verteidiger der Kommune erschossen haben. Noch heute wird dort jedes Jahr Ende Mai aufmarschiert, zum Gedenken an das Ereignis.«

Gerade als wir am Boulevard de Belleville ankamen, gingen die Straßenlaternen an und warfen ihr Licht auf die noch kahlen Bäume. Früher, bevor ich regelmäßig ins Café *Chez Victor* ging, hätte diese Gleichzeitigkeit das Gefühl, an dieser Stelle das eigentliche Pariser Territorium zu betreten, noch verstärkt.

Im Sommer zuvor hatte Ruth mir gesagt: »Ich komme wieder, Bernard, und dann zeigen Sie mir das Paris von *Jules und Jim.*« Sie war zurückgekommen, und während wir die Rue Oberkampf hinuntergingen, wurde mir bewusst, dass das Paris, das wir sahen, nicht das versprochene Paris war, sondern das Paris der Dreharbeiten des Films von Truffaut. Das andere, das des Romans, befand sich eher Richtung Montparnasse, jenem Ort, mit dem mich keine Erinnerung verbindet.

Und außerdem, was hätten wir im *Dôme* oder in *La Coupole* gesehen? Wen hätten wir getroffen? In der Furcht, Ruth enttäuscht zu sehen, überlegte ich gerade, ob ich ihr ein paar Dinge erklären müsse, als sie mich, stärker von dem Gehörten und Gesehenen ergriffen, als ich geglaubt hätte, fragte, ob es möglich sei, die »Mauer der Kommunarden« zu sehen, von der Monsieur Jules, der weißhaarige Mann, so bewegt gesprochen hatte.

Also trafen wir uns am nächsten Tag – einem Sonntag – vor dem Friedhof Père-Lachaise am Eingang »Porte des Amandiers«, weil der nahe an einer Metrostation liegt. Aber da die Mauer der Kommunarden sich an der diagonal entgegengesetzten Seite des Friedhofs befindet, hatten wir noch ein ordentliches Stück zu gehen.

Friedhöfe besuche ich – auch außerhalb von Begräbnissen und Kundgebungen – gelegentlich. Ich weiß nicht genau, warum. Auch hier, mit Ruth, wusste ich nicht so genau, was wir gerade taten. Sie hatte ihren Fotoapparat nicht mitgenommen. Aus Feingefühl? Sie bedauerte es zunächst, dann dachte sie nicht mehr daran. Ihr Bedauern wurde durch die Gräber hervorgerufen oder eher durch die in die Grabsteine eingemeißelten Namen, auf die sie nicht gefasst war. Was für berühmte Namen im Gewirr der Gräber von Unbekannten! Wie viele berühmte Maler! Corot, Daumier, Delacroix, Géricault, Ingres, Pissarro, Modigliani. Modigliani, den Roché und Hessel wahrscheinlich zu Lebzeiten kennengelernt hatten. Und, als gäbe es keinen Zufall, direkt gegenüber dem Grab von Georges Seurat das von Vallès. Einer der drei Jules. Der Aufständische war hier mit einer in Stein gehauenen Büste verewigt. Mit Vollbart und Schnauzer.

Ein weiterer Zufall. Oder Fügung. Oder was? Als Ruth vor dem Grab von Frédéric Chopin stehen geblieben war, sah sie mich nicht aufschrecken. Ganz nah, direkt vor mir, die in Stein gehauenen Worte:

Hier ruht Ginette Neveu und ihr Bruder Jean
Opfer des Flugzeugunglücks über den Azoren
am 28. Oktober 1949

Hier ruht? Zunächst einmal, warum der Singular bei »ruht«, da sie zwei sind? Ist der Name einmal in den Stein gemeißelt, ist dann ein Toter nicht so viel wert wie ein anderer? Und vor allem: Wenn die beiden hier auf dem Père-Lachaise ruhen, wo ruht dann Leizer, Alex' Vater, der im selben Flugzeug saß?

Aber ich hatte nicht die Zeit, die Zusammenhänge zu klären. Ruth rief: »Wo geht's lang?« und trennte mich von diesen Toten oder dem, was von ihnen übrig war.

Wir mussten noch ein Stück hinauf. Noch zehn Minuten, und wir standen davor. Eine lange Steinmauer und eine einfache Tafel: »Den Toten der Kommune, 21.–28. Mai 1871«.

»Wie viele sind hier erschossen worden?«, fragte Ruth.

»Wie viele es hier waren, weiß ich nicht genau. Aber es heißt, dass es während der sogenannten ›Blutwoche‹ 20.000 Opfer gab.«

Wie ich mich erinnerte, lag hinter uns, gegenüber der Mauer, das Grab von Jean-Baptiste Clément, das ich Ruth unbedingt zeigen wollte, weil er so große Ähnlichkeiten mit Monsieur Jules hatte. Er war nicht nur der Verfasser von *Die Zeit der Kirschen*, sondern auch von *La Semaine sanglante*, *Die Blutwoche*, einem Chanson, das den Erschossenen der Woche vom 21. bis 28. Mai 1871 gewidmet war.

Aber Ruth schien mir nicht mehr zuzuhören. Was sie

betrachtete, war nicht Clément, sondern etwas hinter ihm, jenseits der sogenannten Avenue Circulaire, die zwar trotz ihres Namens kaum breiter als ein Weg ist, aber den Friedhof Père-Lachaise fast vollständig umschließt. Dahinter – ich hatte nicht mehr daran gedacht, als Ruth mich am Vorabend gefragt hatte, ob wir uns die Mauer der Kommunarden ansehen könnten –, dahinter befanden sich Denkmäler. Vier Denkmäler in Erinnerung an die Deportierten, die in den Konzentrations- und Vernichtungslagern umgekommen waren. Auschwitz-Birkenau. Ravensbrück. Neuengamme. Mauthausen.

Die Mauer der Kommunarden und die vier Denkmäler standen sich gegenüber, was Ruth gerade entdeckte. Da suchte sie, ohne sich von der Stelle zu rühren, meine Hand. Für wen? Ihretwegen? Meinetwegen? Sie befand sich in Gegenwart dessen, was in ihrem Land, dem Land, in dem sie geboren war, in dem sie aufgewachsen war, nicht thematisiert wurde, was nicht im Unterricht gelehrt wurde. Da nahm sie, weil es das Einzige war, was sie tun konnte, meine Hand. Sie sah mich nicht an, das wusste ich. Auch ich sah sie nicht an, und auch meine Hand hielt ihre. Wir taten ein paar Schritte, ohne uns loszulassen. Wir sagten nichts. Was soll man mehr sagen, als diese Denkmäler sagen konnten, in die kein einziger Name eingraviert war. Es war ein Stück Erde auf einem Pariser Friedhof, in der niemand ruhte. Die Denkmäler waren da, damit man sich erinnert, und vielleicht, auch wenn mir das erst später klar wurde, hatte Ruth gerade begriffen, warum sie gekommen war.

Schweigend setzten wir unseren Weg fort und versuchten vergeblich, an etwas anderes zu denken. Die Gelegenheit dazu wurde uns von einer Gruppe Touristen linker Hand geboten, die ein Grab mit Blumen schmückten. Zusätzlich zu dem Bedürfnis, von unseren Gedanken abgelenkt zu werden, trieb uns die Neugier, uns das näher anzusehen. Es war das Grab von Marcel Proust, dem Japaner auf Parisbesuch die Ehre erwiesen.

Einer von ihnen, der Französisch sprach, erklärte uns, es sei für sie Pflicht und Ehre, das Grab eines verehrten Schriftstellers mit Blumen zu schmücken. Plötzlich wurde er von einer Frauenstimme unterbrochen, die lautstark ihrer Entrüstung Ausdruck verlieh:

»Mir reicht's mit Proust! Mir reicht's mit Proust!«

Eine in einen langen dunklen Kapuzenmantel gehüllte Frau lief mit großen Schritten über einen Parallelweg, während sie nur auf den Boden sah, auf den sie die Füße setzte.

»Sie kommt jeden Morgen«, erklärte uns ein Friedhofswärter, bei dem wir uns wenig später erkundigten. »Ihr Sohn bringt sie her, bevor er zur Arbeit geht, und zur Mittagszeit holt jemand anderes aus der Familie sie wieder ab. Die ganze Zeit läuft sie kreuz und quer die Wege entlang, gibt den Vögeln Brot und versetzt den Katzen Tritte.«

»Aber was hat sie gegen Proust?«

»Sie hat nichts speziell gegen Proust. Mal ist er es, ein andermal ist es Balzac, wieder ein andermal Sarah Bernhardt, immer wenn um das Grab eines bekannten Menschen viele Leute stehen. Eine andere Erklärung haben wir nicht. Aber da sie nicht weiter aggressiv ist, achten wir nicht mehr darauf.«

»Aber warum bringt ihr Sohn sie zum Friedhof? Wäre ein Park wie die Buttes-Chaumont nicht besser?«

»Am Anfang dachten wir das auch. Wir haben sogar mit der Familie darüber gesprochen. Aber anscheinend will sie unbedingt hierher. Sicher kennt sie mehr Leute unter den Toten als unter den Lebenden der Buttes-Chaumont. Jedenfalls haben wir Wärter uns das gesagt.«

Wir gingen zum *La Chope des Puces*, um Pommes frites zu essen und dazu Zigeunerjazz zu hören. Das war gut für Ruth, die beides mochte. Es war gut, weil wir den 85er genommen haben, um zum Flohmarkt von Saint-Ouen zu fahren, den Bus, den Max Lingner gezeichnet hatte. Auf das Geländer der Plattform gestützt, betrachtete Ruth die Flut der Passanten, die auf den Trottoirs des Boulevard Barbès und des Boulevard Ornano Richtung Porte de Clignancourt unterwegs waren.

Nach den Pommes frites und den Zigeunergitarristen sind wir die Rue Paul-Bert hinaufgegangen, wo auf behelfsmäßigen Auslagen Dinge auf ihre Käufer warteten, die eines Tages wahrscheinlich für jemanden kostbar gewesen waren. Um nur ja nichts von dem zu verpassen, was sich ihren Blicken darbot, sah Ruth nichts. Ich suchte nach einem Erinnerungsstück, das ich ihr schenken konnte. Es war schwierig, weil ich nicht wusste, was. Der Zufall, an den ich doch nicht sonderlich glaubte, da das Auge im Allgemeinen nur sieht, was es sucht, hat sich in dem Fall darum gekümmert. Auf einem Feldbett der amerikanischen Armee lag ein kleines kartoniertes Buch in gelber Farbe. Auf dem Umschlag war das Foto eines Mannes mit Schnurrbart zu sehen, wie man ihn bei Monsieur Victor treffen konnte. Es war ein Fotoband von Robert Doisneau. Ich schlug ihn auf und las Folgendes: »Die Texte auf den Seiten 21–24, 43–48, 59–66 und 111–122 stammen von Robert Giraud.« Ich habe ihn sofort gekauft. Während ich ihn durchblätterte, ging ich wieder zu Ruth, die sich über eine Reihe alter Federhalter beugte, und bat sie, mir zuzuhören und las ihr vor:

»Die wahre Anziehungskraft des Bistros, und dabei wollen wir vom Eckbistro im Viertel sprechen, ist für den Stammgast etwas anderes: Eine Mußestunde nach der Arbeit, bevor man nach Hause geht, zusammen mit den Freunden, die man immer am selben Ort trifft, an derselben Theke, am selben Tisch. Alle kennen sich, alle duzen sich, man ist zu Hause.«

Ich klappte das Buch zu und schenkte es Ruth. Und ganz von selbst duzten wir uns.

Nachdem Ruth in ihr Hotel gegangen war, um Rucksack und Fotoapparat zu holen, haben wir uns am Abend an der Gare de Lyon wiedergesehen. Auf dem Bahnsteig lud sie mich, bevor wir uns verabschiedeten und ohne dass es mir je eingefallen wäre, nach Deutschland zu fahren, ein, für ein paar Tage nach Berlin zu kommen.

»Ein paar Tage nach Berlin? Aber wofür?«

»Nicht wofür. Für mich.«

Daraufhin drückte sie mir rasch einen Kuss auf die Lippen und sprang in den Zug.

*

Mehrere Wochen nach Ruths Abreise beschloss ich, das Lager von Drancy zu besichtigen, das Internierungslager, von dem aus die Transporte nach Auschwitz abgegangen waren.

Auch wenn die zwei Tage mit Ruth durchaus mit der Entscheidung zu tun hatten, waren sie doch nicht ihr Auslöser. An Gründen, nach Drancy zu fahren, mangelt es nicht.

Was war dort noch zu sehen? Wie auf den bekannten Fotos waren die u-förmig angeordneten Wohnblöcke, in deren Mitte sich eine große Fläche öffnet, die als Sammelplatz diente, jetzt bewohnt. Es hingen sogar Vorhänge an den Fenstern.

Wo beginnen?

Einige Personen erregten meine Aufmerksamkeit,

aus der Ferne wirkten sie nicht wie Bewohner. Ich ging näher. Ein Fotograf erteilte einem etwa fünfzigjährigen Mann, der sich an eine Säule lehnte, Anweisungen. Der Fotograf hatte seinen Apparat um den Hals hängen und versuchte, den Kopf des Mannes auszurichten, indem er ihn am Kinn fasste und ihm erklärte, das sei besser wegen des Lichts.

»Fassen Sie mich nicht an!«, rief der Mann plötzlich. »Fassen Sie mich nicht an! Wenn Sie fotografieren wollen, fotografieren Sie! Aber fassen Sie mich nicht an! Wollen Sie eine Inszenierung? Na, dann machen Sie Ihre Inszenierung! Aber nicht mit mir! Ich bin kein Schauspieler. Ich gehe, wohin ich will und wohin ich kann. Und Schluss!«

»Aber was ich mache, sind die Fotos, die man von mir verlangt. Und man verlangt von mir, was die Leute wollen.«

»Wissen Sie denn, was die Leute wollen? Und die Leute – wissen die denn überhaupt, was sie wollen? Sind Sie Fotograf? Na, dann machen Sie die Fotos, die Sie machen möchten. Sie! Nur Sie! Wollen Sie sich jetzt etwa in den Kopf der Leute versetzen? Welcher Leute denn überhaupt? Ich kenne die Leute nicht. Also hören Sie mir gut zu: Ich werde weiter gehen, wohin ich will, und wenn ich nirgendwohin will, werde ich nirgendwo hingehen, und damit müssen Sie sich abfinden! Und vor allem, vor allem, fassen Sie mich nicht an!«

Ich entfernte mich.

Eine andere Gruppe traf ein. Jugendliche, die sich um eine Frau scharten. Sie erzählte ihnen, dass viele Kinder unter vier Jahren, die aus den Lagern Pithiviers und Beaune-la-Rolande überführt wurden, ihren Namen nicht kannten. Da erinnerte ich mich daran, dass meine Mutter, kaum konnte Alex die ersten Worte sprechen, ihm ständig vorgesagt hatte: »Sprich mir nach: Ich heiße Alex Zygelman, ich heiße Alex Zygelman.« Anscheinend habe ich ebenfalls sehr früh gelernt, den meinen zu sagen: Bernard Appelbaum.

18

ICH HABE MEINE MUTTER angelogen. Ich habe ihr nicht gesagt, dass ich nach Berlin fahren würde. Schon als sie mich eines Tages gefragt hatte, ob ich Neuigkeiten von »meiner« Deutschen hätte, wusste ich, woran ich war.

Sie hatte gesehen, wie ich die Briefe las, die Flaubert aus Croisset an Louise Colet geschrieben hatte, und mir war der Gedanke gekommen, ihr zu sagen, ich hätte mehr von den Briefen, wenn ich ein, zwei Tage in Rouen verbringen könnte, wo Flaubert den größten Teil seiner Werke verfasst hatte. Das war nicht ganz und gar gelogen, denn auf diese Reise wäre ich tatsächlich neugierig gewesen. Ich wusste wohl, dass abgesehen von dem kleinen Pavillon am Flussufer nichts mehr so aussah wie früher, dass das Haus abgerissen worden war, aber dass der Ort trotz allem noch etwas von Flaubert hatte und mir vielleicht etwas über seine Briefe verraten würde.

Ähnlich wie im Fall von Roger Vailland hatte ich die Briefe auf eine Fernsehsendung von Pierre Dumayet über Gustave Flaubert hin gelesen.

»Wenn wir an einen Freund denken, so erinnern wir

uns an seine Stimme«, hatte Dumayet gesagt. »Für uns, die wir gerne Gustave Flauberts Werke lesen, ist er wie ein Freund. Sicher, wir kennen seine Stimme nicht. Aber seine Redeweise, seine Spontaneität finden wir in den Briefen wieder, die er geschrieben hat.«

Ich dachte oft an Ruth, ich erinnerte mich gut an ihre Stimme, und ich wollte sie sehr gerne wiedersehen. Und doch vergingen einige Monate, bevor ich mich entschloss, ihre Einladung anzunehmen. Das lag nicht nur daran, dass ich meiner Mutter nicht wehtun wollte, die nicht verstanden hätte, dass ich in ein Land reiste, in dem man nur Deutsch sprach, aber der ich nur eine andere Geschichte zu erzählen brauchte, sondern daran, dass ich wusste, wie schwer es mir fallen würde, mir in den Straßen von Berlin Männer über fünfundvierzig nicht in Wehrmachtsuniform vorzustellen.

Meine Mutter hätte mir keinen Vorwurf gemacht, das wusste ich, aber ich hatte sie lieber angelogen, als sie bedrückt zurückzulassen.

Nun also Berlin.

Ruth erwartete mich lächelnd am Bahnhof, ein wenig abseits. Dieser Bahnhof ganz nahe am Zoo konnte meiner Ansicht nach nur der sein, in den die Familie Ophüls und viele andere geeilt waren, um aus Nazi-Deutschland zu fliehen.

Ruths Lächeln beruhigte mich. Es tröstete mich über die Anwesenheit zweier Männer mit Trachtenlederhosen in meinem Abteil hinweg. Sie waren irgendwo zugestiegen – wo, wusste ich nicht, ich hatte geschlafen –, und ich verstand nichts von ihrem Gespräch, obwohl mir meine Jiddisch-Kenntnisse normalerweise sehr zugutekamen.

Ruth wohnte in der Nähe des Bahnhofs. Ungefähr zehn Minuten zu Fuß. In der Knesebeckstraße, nicht weit vom Kurfürstendamm entfernt, wo wir einen Kaffee mit einer Haube aus Schlagsahne tranken und dazu ein Stück Torte aßen, das beeindruckend massiv war und mindestens doppelt so hoch wie alles, was Pariser Patisserien zu bieten hatten.

Als wir bei ihr angekommen waren – in einer kleinen Wohnung, die einer Freundin ihrer Mutter gehörte und in der obersten Etage eines recht ansehnlichen Mietshauses lag – und ich meine Reisetasche abgestellt hatte, schlug sie mir vor, mich entweder auszuruhen oder spazieren zu gehen. In den Zoo zum Beispiel, der ihrer Meinung nach sehenswert war. Sie hatte eine wichtige Verabredung, die etwa zwei Stunden dauern würde und die sie nicht hatte absagen können. Ich entschied mich für den Zoo, zu dem sie mich begleitete, und da ich nur französisches Geld in der Tasche hatte, gab sie mir für alle Fälle ein paar Mark.

Nachdem ich eilig an den Raubvögeln vorbeigegangen war, die nicht den geringsten Reiz für mich hatten, und auch das Haus mit den Reptilien links liegen gelassen hatte (ich habe nie begriffen, was jene eigenartigen Liebhaber an ihnen finden, die sie sich nach Feierabend angeblich um den Hals legen), suchte und fand ich die Affen, die in hohe Käfige gesperrt waren. Seit frühester Kindheit konnte ich stundenlang zusehen, wie sie herumturnten und mit immer gleichbleibender Konzentration die Erdnüsse schälten, die ich ihnen zuwarf.

Ich blieb stehen und beobachtete einen kleinen Schimpansen, den seine Mama zu lausen versuchte und der ihr entwischte, sobald er spürte, dass ihr Griff sich lockerte. Auf einem eigens aufgestellten Kletterbaum aus Zement sprang er von Ast zu Ast, während ihn seine Mutter verfolgte und jedes Mal wieder einfing. Die Kinder, die ihn in Scharen beobachteten, identifizierten sich sofort mit dem kleinen Schimpansen, der mit unglaublicher Flinkheit durch einen Raum der Freiheit sauste, dessen Grenzen durch die Gitterstäbe festgelegt wurden.

Eine alte Dame mit einem federgeschmückten Trachtenhut, zweifellos die Großmutter eines Kindes, das sie fest an der Hand hielt, schien sich dagegen mit der Schimpansenmutter zu identifizieren. Sichtlich erregt zischte sie durch die zusammengebissenen Zähne ihrem Enkelkind zu: »Er will nicht hören, der kleine Kerl, er will nicht hören!«, und drückte die Hand des kleinen Jungen so fest, dass der es nicht wagte, in den allgemeinen Jubel einzustimmen.

Auf einmal wurde meine Aufmerksamkeit von einem Zwischenfall bei den Gorillas abgelenkt. Zwei unerbittliche Wärter hielten, jeder an einem Arm, ein etwa sechzehnjähriges junges Mädchen mit rundem Gesicht und geröteten Wangen, das mir im Vorübergehen zulächelte, als es in Richtung Ausgang abgeführt wurde.

Ich erkannte das junge Mädchen wieder: Kurz zuvor hatte sie mich bei den Löwen angesprochen und, soweit ich sie verstanden hatte, gesagt, für Oktober sei es noch recht warm.

Bei den Menschenaffen erfuhr ich in der allgemeinen Aufregung, dass sie ihren Rock gelüftet und zwei Gorillamännchen ihren Hintern gezeigt hatte, die sich daraufhin am Kopf kratzten, weil sie so viel vielleicht gar nicht verlangten.

Ich fragte mich, was man ihr zur Last legen würde. Dass sie die Menschenaffen als Menschen betrachtet hatte? Dabei hatte erst kürzlich eine Reportage die Gorillas den Bewohnern des Kongo zugerechnet.

Ruth amüsierte sich sehr über dieses Abenteuer, als ich etwas später wieder bei ihr war und sie das Abendessen zubereitete.

Auch das Bett erwartete uns, und wir waren glücklich, als wir uns dort wiederfanden. Fast ein Jahr war vergangen, seit wir innerhalb weniger Augenblicke voneinander erfahren und uns so nahe gekommen waren. Wir lagen umschlungen, sprachen nicht mehr, lächelten einander zu und nahmen uns lange Zeit für Liebkosungen. Berührungen der Liebe, Berührungen der Zärtlichkeit. Nichts deutete darauf hin, dass mein Körper mir nicht gehorchen würde. Ruth verstand es vor mir. Sie ließ den Tränen freien Lauf, die ich mit Küssen bedeckte. Ich betrachtete ihren Körper, dem sich meiner verweigerte. Ich konnte mir keinen wohlproportionierteren vorstellen. Welcher Teil von mir stellte sich meinem Begehren in den Weg? Welche Erinnerung in meinem Körper war der Grund dafür? Ruth begann zu zittern, dann beruhigte sie sich wieder. Und unsere Körper verharrten bis zum Morgen umschlungen, vereint in demselben Gefühl. Es war Tag, als ich die Stille des Bettes verließ, mich aus der Zartheit ihrer Arme löste.

Als Ruth auch aufgestanden war, kochte sie Kaffee. Während ich von einem schweren, dunklen Brotlaib Scheiben abschnitt, stellte sie sich hinter mich. Sie legte mir zärtlich den Kopf auf die Schulter, und ihre Haare streichelten meinen Nacken, aber ich wagte nicht, mich umzudrehen. Uns wären erneut die Tränen gekommen, und ich wollte sie nicht wieder auf ihrem Gesicht sehen. Der Kaffee, den wir schweigend tranken, tat uns gut.

Eine Stunde später gingen wir Hand in Hand durch Berlin. Wir gingen lange. Ruth wollte mir die Mauer zeigen und den Ort an der Bernauer Straße sehen, wo sich am Montag zuvor eine spektakuläre kollektive Flucht von siebenundfünfzig Personen ereignet hatte. Sie hatten einen 145 Meter langen Tunnel in 12 Meter Tiefe durchquert, der im Keller einer leer stehenden Bäckerei endete. Wir brauchten zwei Stunden bis dorthin und durchquerten dabei einen Teil des Tiergartens. Es war der erste Sonntag seit der Flucht, und die Stelle war mit einem Mal zum Ausflugsziel für die Westberliner geworden. Dutzende von Menschen waren bereits da und warteten, bis sie an der Reihe waren, sich über den Tunnelausgang zu beugen. Vor uns stand sogar eine Frau mit einem Kinderwagen, in dem ihr Baby schlief. Über den Köpfen las ich an der Fassade der geschlossenen Bäckerei in reliefartigen Großbuchstaben das Wort »Kuchen«. In der Nähe der Heidestraße hatten wir etwas gegessen, was ich kannte: Wiener Schnitzel und Strudel. Ruth hatte mir auch den »Checkpoint Charlie« zeigen wollen, den Kontrollpunkt für Angehörige der Alliierten, Diplomaten und Ausländer, aber es war schon spät, und wir gingen am Kanal entlang zurück.

Es war ein schwieriger Moment. Wir wagten kaum zu sprechen. Unsere Begegnung war schön, und wir wollten uns nicht trennen.

Diesmal war ich es, der in den Zug stieg, und es war ein zarter Kuss, den wir auf dem Bahnsteig tauschten. Zart und schmerzlich. Wie die so ungerechte Nacht, von der wir genesen wollten. Wir werden uns wiedersehen, Ruth, ich verspreche es dir. Hier oder in Paris. Aber wir werden uns wiedersehen.

19

Ich habe eine präzise Erinnerung. Einmal brachte Madame Saclier, die Hausmeisterin der Cité Crussol, uns die Post ziemlich spät am Nachmittag herauf, während sie sonst gewöhnlich am frühen Vormittag mit ihr kam. Sie war gerade von dem Mittagessen zurückgekehrt, das sich an das Begräbnis von Monsieur Saclier, ihrem Mann, angeschlossen hatte.

»Jetzt bin ich wie Sie, meine Liebe«, hatte sie zu meiner Mutter gesagt. »Das ist der Zweite, den ich nach Pantin trage.«

Diese Erinnerung hat eine andere, ältere Erinnerung in mir aufsteigen lassen, die ich nur schwer zeitlich einordnen kann. Sie betrifft eine Obsession von Alex. Er war besessen von der Vorstellung, dass Mama eines Tages mit einem dritten Mann nach Hause kommen würde. Er nannte ihn schon »den dritten Mann«. Wie den Film mit Orson Welles. Die seiner Ansicht nach unabwendbare Logik war folgende: Mama hatte einen Mann geheiratet, meinen Vater, sie hatten ein Kind bekommen, mich, und dieser Mann war gestorben, als ich zwei Jahre alt war. Dann hatte sie einen anderen Mann geheiratet, seinen Vater. Und auch dieser Mann war gestorben, als sein Sohn, er, Alex, zwei Jahre alt war. Also konnte es mit einem dritten nicht anders ein. Sie würden gemeinsam einen Sohn bekommen. Danach, wenn dieser Sohn zwei Jahre alt wäre, würde sein Vater, der dritte Mann von Mama, unvermeidlich eines gewaltsamen Todes sterben. Und der kleine Bruder (da es nur ein Junge sein konnte) würde seinerseits keine Erinnerung an seinen Vater haben. Und für Alex war das unerträglich.

Er hatte sich mir eines Abends anvertraut, als Mama im Chor war; ihre Abwesenheit, die er nur mühsam akzeptierte, hatte ihn dazu gebracht, mit mir darüber zu sprechen. Ich glaube, ich habe ihm mit ruhiger Stimme geantwortet. Ihm gesagt, dass er sich keine Sorgen zu machen brauche. Dass Mama so, mit ihren beiden Jungen, glücklich sei.

Zu der Zeit wusste ich noch nichts von den Fotos, die in dem denkwürdigen Schuhkarton lagerten. Hätten an dem Abend, als wir es uns bequem gemacht hatten, die Fotos auf dem Tisch gelegen, so glaube ich, dass wir sie uns gemeinsam angesehen hätten. Wir hätten versucht, alles zu begreifen, was sie uns erzählten. Ich hätte ihm das Foto gezeigt, auf dem zwei Freunde, sein Vater und meiner, im Gras saßen und die Frau ansahen, in die sie verliebt waren und die sie fotografierte. Die Frau, die unsere Mutter war.

Den Karton voller Fotos, den ich nach der Vorstellung von *Jules und Jim* entdeckt hatte, habe ich seitdem häufig geöffnet. Ein Foto irritierte mich. Das meines Großvaters mit seiner gestreiften Mütze und dem auf die rechte Brustseite aufgenähten Judenstern. Mich irritierte eben dieser Umstand, dass der Stern auf die rechte Seite aufgenäht war, dabei hatte ich gelernt, dass die Juden verpflichtet waren, ihn auf der linken Brustseite zu tragen. Unterschieden sich die Anordnungen für die sehr viel zahlreicheren Juden Polens von denen für die Juden im restlichen Europa?

Ein Foto von Fats Waller auf dem Titelblatt einer Ausgabe des Magazins *Jazz Hot* hat mir eine mögliche Antwort gegeben. Die Brusttasche, aus der auf spektakuläre Weise ein Einstecktuch ragte, befand sich auf der rechten Seite von Fats Wallers Jackett, und die Knöpfe waren auf die linke statt auf die rechte Seite genäht. Ich schloss daraus, dass das Foto wegen eines Layoutproblems spiegelverkehrt abgedruckt worden sei. Nach allem Anschein, wenn auch aus unbekanntem Grund, war das auch mit dem Foto meines Großvaters geschehen. Durch die Beachtung, die man ihm schenkt, wird bei jedem Foto jede Einzelheit wichtig.

Auch wenn ich sie mir nur unregelmäßig ansah, so verwiesen mich die Fotografien doch jedes Mal auf jenen Samstag, an dem ich vor Hunderten, wild durcheinander zur Schau gestellten Bildern die Bekanntschaft von Odile gemacht hatte. Und ich konnte mich nicht darüber hinwegtrösten, dass diese aufgegebenen, verblassenden Bilder des Lebens, getrennt von jenen, die sie zeigten, und aus dem Gedächtnis jener verjagt, die sie hätten bewahren müssen, auf den Trottoirs von Saint-Ouen gestrandet waren.

Affektive Erinnerung. Unfreiwillige Erinnerung. Ich wurde von Erinnerungen heimgesucht, die ich vergessen glaubte. Wohin ich mich auch wende, sie rufen einander. Sie dringen durch eine Art Bresche ein und tauchen wieder auf. Und ich weiß zugleich, dass ich mich noch so sehr bemühen kann, nichts zu verlieren, es wird nicht alles wiederauftauchen. Auch wenn manchmal Bruchstücke, manchmal Fetzen erscheinen – es wird immer eine Zeit geben, zu der ich keinen Zugang habe.

Im Unmittelbaren des Heutigen, im Durcheinander dessen, was geschieht, so, wie es mir erscheint, gehört nicht alles, was ich finden werde, was mich interessieren wird, notwendigerweise zu meiner Geschichte.

Werde ich, indem ich in die Vergangenheit der anderen tauche, etwas über meine eigene Vergangenheit entdecken? Ich weiß es nicht. Also mache ich es wie Robert Giraud, der sich so angenehm in dem erging, was die anderen von ihren Erinnerungen preisgaben. Diese Erinnerungen leisten ihm Gesellschaft. Mir auch. Von Zeit zu Zeit gehe ich in das Café *Chez Victor*, in dem ich gelernt habe, Karten zu spielen. Ich durchstreife die Rue Oberkampf, die zu meinem Dachboden, zum Speicher meiner Erinnerungen geworden ist. Ich habe auch gelernt, ein Gespräch mit ihr zu führen, ihr die richtigen Fragen zu stellen. Manchmal antwortet sie mir. In ihrem oberen Teil befindet sich das Viertel der Metallgießer. Eines Tages werden sie Geschichte sein. Einstweilen trifft man sie, wenn es Zeit für den Apero ist, am Billardtisch des Wein-und-Kohle-Händlers in der Nummer 109. Sie haben den Vorzug, dass sie existieren. Auch das ist der Lauf der Welt.

*

Laura ist aus New York zurückgekommen, wo sie ein paar Monate verbracht hat. Sie habe etwas für mich, hatte sie am Telefon gesagt. Ich hatte vorgeschlagen, bei *Chez Nadine* zu Mittag zu essen, wo wir manchmal hingingen. Sie fand den Ort zu laut. Daher trafen wir uns bei einem ruhigen Griechen unterhalb der Metrostation Les Gobelins.

Unsere Unterhaltungen begannen immer mit einem etwas schmerzhaften Schweigen. Laura war das bewusst. Deshalb war immer sie es, die zu reden begann. Zunächst von Allgemeinem. Dann darüber, wen wir wiedergesehen hatten. »Hast du Neuigkeiten von Robert?« Nein, ich hatte keine Neuigkeiten von Robert. Genau wie mir hatte sie auch ihm eine Postkarte aus New York geschickt. Die Karte, die ich bekommen hatte, zeigte Joan Fontaine, die Hauptdarstellerin von *Brief einer Unbekannten.*

Die Erinnerungen folgten aufeinander, genau wie die

Namen und Gesichter, bevor sie sich erneut entfernten. Dann erzählte Laura mir von New York. Von dem, was sie dazu bewegt hatte, so lange zu bleiben. Sie war dort hingereist, um eine Art Institution aufzubauen, die sich darum kümmert, Orchester, vor allem Orchester für Barockmusik, die als empfindlicher gelten, in Konzertsälen oder im Rahmen bestimmter Festivals auftreten zu lassen.

Was hatte sie dazu gebracht, sich auf dieses Abenteuer einzulassen? Die Musik? Ja, die Musik, natürlich. Aber vor allem die Konzerte. »Ich mag die Vorstellung, Konzerte zu organisieren, die ich selbst gerne besuchen würde. Und die Freude an Begegnungen. Und an den Reisen, die diese Begegnungen ermöglichen.«

In New York hatte sie ein Konzert von Bob Dylan besucht. Sie hatte es im Innersten aufgewühlt verlassen und alle seine Platten gekauft. Darunter war eine, die sie mir unbedingt schenken wollte: *Blowin' in the Wind.* Sie bat mich, sie aufmerksam anzuhören. »Ich höre sie mir jeden Tag an.«

»Wie viele Wege muss ein Mensch gehen, / Bevor man ihn einen Menschen nennt?« Mit der Frage begann das Lied, und die Antwort, so sagte Bob Dylan, »weht im Wind«. Und weil die Antworten jedes Mal weitere Fragen hervorriefen, endete das Lied folgendermaßen:

»Wie viele Male muss ein Mann hinaufsehen,
bevor er den Himmel sehen kann?
Wie viele Ohren muss ein Mann haben,
Bevor er die anderen weinen hören kann?
Ja, wie viele Tote muss es geben, bevor er weiß,
Dass zu viele Menschen gestorben sind?
Die Antwort, mein Freund, weht im Wind.
Die Antwort weht im Wind.«

»Wie viele Tränen muss ein Mann vergießen, bevor er so ein Lied schreibt?«, hatte Laura mich gefragt, als sie mir die Platte gab.

»How many times must a man look up
Before he can see the sky?
Yes'n' how many ears must one man have
Before he can hear people cry?
Yes'n' how many deaths will it take till he knows
That too many people have died?
The answer, my friend, is blowin' in the wind
The answer is blowin' in the wind.«

20

HEUTE FAHRE ICH nach Polen zurück. Ich fahre nach Polen zurück, ohne jemals dort gewesen zu sein. Ich sitze im Bus, der von Krakau nach Auschwitz fährt.

Wir sind etwa zwanzig Personen, die heute am frühen Morgen von Paris aufgebrochen sind. Wir reden wenig. Es ist eine Reise, die einen verstummen lässt.

Ein Wegweiser: Oświeçim (Auschwitz auf Polnisch) zeigt an, dass wir bald da sind.

In Birkenau erwartet uns neben der Judenrampe, an der die Besichtigung beginnt, eine Frau, die uns führen wird. Sie ist noch jung, kaum älter als dreißig. Im Lauf des Tages werde ich von ihr erfahren, dass sie ein Examen in Literaturwissenschaft hat. Sie hat beschlossen, hier in Auschwitz Gruppen durch das Lager zu führen, weil sie versuchen will zu verstehen, wie sie mir sagt. Auch wenn sie glaubt, wie sie mir weiter sagt, dass man nie wird alles verstehen können. Also lernt sie. Sie liest, was man nur lesen kann. Vor allem aber lernt sie aus dem Blick der Überlebenden. Das sind die Einzigen, die Bescheid wissen – und sie scheint laut zu denken: Wir, wir werden es nie wirklich wissen.

Ich weiß nicht, wer die anderen sind, die mit mir das

Lager besichtigen. Zwei Frauen halten sich an der Hand, seit wir den Bus verlassen haben. Eine von ihnen, die ältere, wie es scheint, lässt die ganze Zeit einen Koffer nicht los, den sie seit Paris mit sich trägt. Ich lerne die jüngere kennen. Es sind Schwestern.

»Meine Schwester wollte mir unbedingt das Lager zeigen, in das sie deportiert wurde. Also versucht sie, mir zu erzählen. Aber das ist schwierig.«

»Und der Koffer? Warum der Koffer?«

»Er ist voller Pullover. Marceline hat damals so gefroren, dass sie heute Nacht, kurz vor der Abfahrt, einen ganzen Koffer vollgepackt hat.«

Wir gehen viel. Wir gehen auf den Spuren dessen, was war. Derjenigen, die waren.

Übrig sind die Ruinen der Gaskammern und der Verbrennungsöfen, die von den Mördern zerstört, mit Dynamit in die Luft gesprengt wurden, damit keine Spur, keinerlei Relikt übrig bleibt, die von der Vernichtung Zeugnis ablegen könnten.

Besichtigung des Sanitärblocks, des Blocks, den die Deportierten gleich nach ihrer Ankunft passierten: Abgeben aller Gegenstände und der Kleidung. Scheren der Haare. Tätowieren. Gestreifte Kleidung. Der Ort, an dem in wenigen Stunden ein Jude von einem Menschen zu einer Nummer gemacht wurde.

Und dann, am Eingang des Lagers Auschwitz, die Parole: *Arbeit macht frei.*

Und die in ein Museum verwandelten Baracken.

Dann, hinter Glasscheiben, die Behälter mit Zyklon B.

Haare. Zwei Tonnen Haare. Krücken, Holzbeine. Zu Tausenden. Emaillierte Kochtöpfe, Küchengeräte, Bürsten und Dosen mit Schuhcreme (bei ihrem Aufbruch dachten die Menschen, sie würden anderswo leben und arbeiten). Mehr als eine Million Paar Schuhe auf beiden Seiten eines langen Ganges. Und, von den anderen getrennt, Kinderschuhe. Ein Berg. Und ein Berg Brillen. (Hinter jeder Brille gab es ein Leben, sagt die junge Frau, die uns führt.) Etwas weiter Koffer. Wie viele tausend Koffer? Da gehen die Besucher langsamer, manche bleiben stehen. Auf jedem Koffer ein aufgemalter Name. Und die Köpfe beugen sich. Nach links, nach rechts, in der Hoffnung, dort einen Namen zu lesen: den von Angehörigen.

»Den Moment fürchte ich am meisten«, sagte mir unsere Führerin, als wir die Baracke verließen. »Den Moment, in dem ein Kind, ein Angehöriger eines Namens wegen glaubt, einen Koffer wiederzuerkennen, und es nicht schafft, den Ort zu verlassen.«

Ich wusste, dass ich diese Prüfung nicht durchmachen musste. Und doch hatte eine Aufschrift meine Aufmerksamkeit auf sich gezogen: Marie Kafka Prag. XIII 833. Wer war diese Marie Kafka?

Danach kamen weitere Baracken. Baracken mit Dokumenten, Fotos, die ebenfalls von der Vernichtung Zeugnis ablegten. Fotos, die die Deportierten im Augenblick ihrer Festnahme bei sich trugen. Hochzeitsfotos, Familienfotos, Passfotos, Fotos von Rabbinern, von frommen Männern, den Tallit über den Schultern, Fotos von Kindern in den Ferien oder in der Schule. Ich habe mir nicht notiert, welche Nummer der Block hatte, in dem es um die Deportierten aus Frankreich ging. Jener Block, in den man uns natürlich zuerst hinführte. Ich habe nicht gehört, was die Führerin uns an dem Ort sagte. Da stand, direkt vor mir, das Foto meines Vaters. Das Foto, das ich kannte und das ich immer in dem braunen Lederrahmen auf der Anrichte des Esszimmers gesehen habe. Auf diesem – beträchtlich vergrößerten – Foto hatte mein Vater seine Größe als Mensch wiedergefunden. Da standen wir, gemeinsam, ganz nahe, einander gegenüber, in der gleichen Reglosigkeit. Wir waren im selben Alter. Er lächelte mir zu.

Liberté • Égalité • Fraternité
RÉPUBLIQUE FRANÇAISE
AMBASSADE DE FRANCE
EN
REPUBLIQUE FEDERALE D'ALLEMAGNE
BUREAU DU LIVRE

Dieses Buch erscheint im Rahmen des Förderprogramms des französischen Außenministeriums, vertreten durch die Kulturabteilung der französischen Botschaft in Berlin.

Die Arbeit des Übersetzers wurde vom Deutschen Übersetzerfonds gefördert.

Die Zitate aus *Jules und Jim* entstammen der folgenden Ausgabe: Henri Pierre Roché, *Jules und Jim*, dt. v. Joe Hembus u. Walther H. Schünemann, Hamburg (Rowohlt) 1964.

Bildnachweis:
Cover: © Atelier Robert Doisneau
Madame Rayda: © Agence Roger-Viollet
Café Victor: © Succession Willy Ronis/
Diffusion Agence RAPHO/laif

Titel der Originalausgabe: *On ne peut plus dormir tranquille quand on a une fois ouvert les yeux*
Umschlaggestaltung: Michel Keller, München
Typografie + Gestaltung: Peter Frese, www.frese-werkstatt.de
Druck + Bindung: CPI – Clausen und Bosse, Leck
ISBN 978-88897-725-1

47 rue Vilin, Madame Rayda. Foto: René Jacques 1945